KB034032

임서가 들려주는 강호 이야기

기격여문(技擊餘聞)

임서가 들려주는 강호 이야기

기격여문(技擊餘聞)

초판 1쇄 발행 2021년 3월 16일

지은이 임서
옮긴이 한지연
펴낸이 강수걸
편집장 권경옥
편집 윤은미 박정은 강나래
디자인 권문경 조은비
경영지원 공여진
펴낸곳 산지니
등록 2005년 2월 7일 제333-3370000251002005000001호
주소 부산시 해운대구 수영강변대로 140 BCC 613호
전화 051-504-7070 | 팩스 051-507-7543
홈페이지 www.sanzinibook.com
전자우편 sanzini@sanzinibook.com
블로그 sanzinibook.tistory.com

ISBN 978-89-6545-713-8 03820

技擊餘聞

임서가 들려주는 강호 이야기

임서林紓 지음 · 한지연 옮김

산지니

일러두기

- 이 책은 1913년 상무인서관(商務印書館)에서 출판한 임서(林紓)의 『技擊餘聞』을 한글 번역하였고, 2010년 타이베이(臺北) 일문무술문화유한공사(逸文武術文化有限公司)에서 간행한 영인본을 참고하였다.

- 중국어 원문은 번체자(繁體字) 수록을 원칙으로 하되 가독성(可讀性)을 고려하여 정자(正字)를 취하고, 문맥에 따라 ' : '를 첨가했다.

- 인명(人名)은 창작시기를 고려하여 한글 독음으로, 지명(地名)은 중국어 발음을 사용했다.

- 주석은 모두 옮긴이의 주석이며, 독자의 이해를 돕기 위해 소설마다 뒷부분에 옮긴이의 「감상」을 첨부했다.

○ 차례 ○

盜俠

陳煒寫於春申江上

武學書館印行

劉彭生

丁未秋日余映上題

浮水僧

子青

逆旅老人
吳門陳子青

家

子青 陳煒作于甲浦

武學書館印行

窮凶宁
子青寫

華山道士

子青

祖墖院石毬

丁未十月子青陳煒心

첫 번째 이야기

석씨 여섯째 도령

광둥(廣東) 광저우(廣州)의 석(石) 어른은 아들 여섯을 두었는데, 모두 늠름한 장사였다. 석 어른은 부자였기 때문에 늘 도적이 들까 노심초사하였으므로 도적을 막기 위해 여섯 아들이 모두 무술을 익히기를 바랐다. 그리하여 날쌔고 용감한 이들을 사방에서 모셔와 그 집에 묵게 하고 각자 여섯 아들에게 무술을 전수하게 했다.

하루는 어떤 병들고 헙수룩한 노인이 찾아왔다. 노인이 숨돌릴 틈도 없이 대뜸 자신이 평생 익힌 것을 도령들에게 전수하겠노라 말했다. 석 어른이 노인의 행색을 보고 못 미덥긴 하였으나 예를 다해 대청으로 들게 하고 대사께서는 내 여섯 아들에게 무엇을 가르치러 오셨는가 하고 물었다. 그러자 노인이 하인을 시켜 가시나무를 패서 바닥에 깔아놓게 하고는 그 여섯 도령에게 저마다 맨발로 밟고 지나가도록 명령했다. 순서대로 그리하여 여섯째 도령 차례가 되었다. 여섯째 도령은 그리하기를 말했다.

"제 몸은 부모님께서 물려주신 것이온데, 무술을 배우고자 어찌 함부로 자해하겠습니까?"

노인이 웃으며 말했다.

"그러하다면 여섯째 도령은 자기 몸을 다치지 않고 남을 해치시렵니까? 제가 가르쳐드릴 수 있습지요."

그리하여 노인은 석 어른의 집에서 여덟 달을 지냈다. 여섯째 도령은 그 스승의 것을 전부 전수했다.

하루는 여섯째 도령이 스승과 무술을 겨루는데, 온 힘을 다해 스승을 담장의 장막 사이로 몰아넣었다. 스승이 느닷없이 발길질 한 방을 날리니 여섯째 도령은 그 자리에서 죽고 말았다. 노인은 황급히 자기 짐보따리를 챙겨 줄행랑을 놓았겠다. 마을 어귀 다리에 이르러 다리에 서 있는 석 어른과 딱 부딪쳤다. 석 어른이 말했다.

"대사께서는 짐보따리를 들고 어디 가시오?"

노인이 말했다.

"여섯째 도령이 이 늙은이와 힘을 겨루었는데, 이 늙은이가 도령을 죽였사옵니다."

석 어른이 말했다.

"나에게 다섯 아들이 더 있으니 대사께서 그 가운데 한 아들을 골라 전수하시오. 나는 여섯째 아들이 아깝지 않소."

그렇게 노인을 되돌아오게 했다. 노인은 여섯째 도령에게 가냘픈 숨이 아직 붙어 있는 것을 보고 약숟가락에 약을 담아 그의 입에 넣었더니 여섯째 도령이 즉시 살아났다. 그래서 노인은 여섯 달을 더 머물렀다. 노인이 말했다.

"제 것을 남김없이 익혔습니다. 여섯째 도령은 온화한 품성을 지녔으나 주인어른의 재물을 충분히 지킬 수 있사옵니다. 바깥의 침입을 염려할 필요 없으시옵니다."

노인은 마을에서 삼십 리 떨어진 곳으로 가서 서른 명에 이르는 제자를 더 가르쳤다. 얼마쯤 뒤부터 동틀 무렵에 잠자리에서 일어날 즈음이면 어김없이 탁자 위로 대추 떡을 담은 소반을 들여보낸 자가 있었다. 이렇게 하면서 한 달이 지나갔다. 한 달 내내 그를 몰래 살펴본 자는 왕신(王新)이라는 사람인데, 마을 사람은 그를 '떡쟁이 신(新)'이라 불렀다. 노인이 무엇을 바라는가 하고 물었다. 왕신이 말했다.

"밤마다 와서 사부의 무술 전수를 몰래 엿보았습니다. 한 달 내내 그리하였습니다. 제가 들어올 기회를 얻지 못하여 월사금을 떡으로 드린 것입니다. 부디 문하의 제자로 받아주시기를 청하옵니다."

노인이 웃으며 말했다.

"그리하라."

왕신은 튼튼하고 날렵한지라 여섯 달도 못 되어 무술이 다른 서른 사람을 뛰어넘었고, 아무리 험한 곳이라 할지라도 원숭이처럼 날아서 피할 정도가 되었다. 그래서 노인에게 하직 인사를 하고 나가더니 도적 떼로 섞여 들어갔다. 그가 그 일대를 약탈하는 동안에 곳곳의 사람들이 죄다 괴롭힘을 당했다. 사람들은 왕신이 노인의 으뜸가는 제자라는 것을 알아내어 노인을 함께 엮어서 관아에 고발했다. 노인은 관아로 잡혀가게 되었지만, 자신이 늙어 왕신을 제압할 수 없음을 알고 삼십 리 길을 걸어서 여섯째 도령 집으로 찾아갔다. 노인은 여섯째 도령에게 자신을 도와 도적을 잡게 해달라고 청하였다. 여섯째 도령이 공손히 거절하자 노인은 말했다.

"도령은 두려워 마십시오. 왕신의 능력은 이 늙은이가 압니다. 왕신은 지붕으로 올라갈 때마다 그 칼끝이 아래쪽으로 향합니다. 아래쪽에서 뒤쫓아 올라오는 사람이 있으면 왕신의 칼은 반드시 아래로 휙 내려치게 되고, 추격자의 어깨를 내려치니 황천길로 갑니다. 이 늙은이가 지금 도령에게 그를 물리칠 방법을 가르쳐드리지요. 왕신이 담을 넘어 들어와 기와로 올라가면 도령은 그를 뒤쫓아 올라가는 척하십시오. 왕신은 도령을 막기 위해 반드시 칼을 아래로 내려칠 것입니다. 도령이 미리 엎드려서 기회를 노리고 있으면 왕신이 성공하지 못했으니 더욱 위로 올라갈 것입니다. 그러면 도령이 힘껏 칼끝을 위로 치켜들고 그의 넓적다리를 공격하시면 왕신은 바닥으로 떨어질 것입니다."

여섯째 도령이 칼 쓰는 법을 열흘 동안 연마하고 마침내 노인과 함께 왕신을 붙잡으러 갔다. 과연 마을 주막집에서 그와 딱 마주쳤다. 여섯째 도령은 노인의 말처럼 했고, 왕신이 상처를 입고 바닥으로 떨어졌다. 이에 병졸이 그를 붙잡아 사형을 집행했다.

○

◖ 감상: 석 어른은 부자이면서도 지혜로운 사람이다. 그는 아들 여섯이 무술을 익혀 재물을 스스로 지킬 수 있게 했고 또 무술의 고수를 알아보는 혜안도 지녔다. 노인이 아들을 죽인 것을 알고도 탓하고 복수하기보다는(사

실 노인은 무술의 고수이기 때문에 그를 죽이겠다고 나설 만한 사람도 없기는 하지만) 오히려 다른 아들을 가르쳐줄 것을 청한다. 석 어른의 지혜가 엿보이는 대목이다.

노인은 병든 몸을 이끌고 석 어른 집을 자기 발로 걸어 들어가 의탁했다. 그러나 노인은 아무나 제자로 받아들이지 않았고 무술을 익힐 만한 인재인가 아닌가를 먼저 시험하고 여섯째 도령을 제자로 받아들였다. 그는 석 어른 집을 떠난 뒤에 제자 서른 명을 두었고, 왕신을 제자로 받아들인다. 왕신은 뇌물을 쓰고 남을 엿보는 등 행실이 바르지 않은 사람이다. 그러한 그를 제자로 받아들인 것은 노인의 실수이자 약점이다. 그는 무술의 고수이긴 하지만 여섯째 도령을 죽였을 때 줄행랑을 놓은 것, 왕신을 제자로 받아들인 것 등에서 그의 인품이 그다지 정정당당하지 못함을 보여준다. 하지만 그는 제자를 보는 눈을 지닌 사람이다. 뛰어난 스승은 실력이 제자만 못할지라도 제자의 장점과 약점을 알아본다.

왕신은 노인에게 뛰어난 무술을 배우기는 하였으나 자신의 약점을 노출한 채로 노인의 문하를 나서 도적이 되었다. 그는 노인의 제자 가운데서 무술이 가장 뛰어나기는 했지만, 자신의 약점을 알지 못했고, 스승을 무술로는 이길 수 있어도 지혜로는 이길 수 없다는 점을 몰랐다.

여섯째 도령은 무술과 인품을 겸비한 사람이다. 그는 나섬과 물러섬을 아는 사람 같다. 노인이 자신을 도와 왕신을 붙잡도록 하자고 했을 때, 거절한 것을 보면, 그는 자신의 실력이 왕신만 못하다는 것을 안다. 하지만 그는 무술의 올바른 쓰임을 아는 사람이다.◗

石六郎

廣州石翁產六子皆英英壯人也。翁家富而患盜，則慫六子者皆武以備盜。延聘四方精於拳勇者，主其家，分授六子藝。一日有病叟造門，喘且急，言將以所學授公子。翁見狀愕然，以禮延集廳事，問師所以教余六子者，何操而來。叟趣命斫荊棘爲地衣，命此六人者赤足踐過之。以次漸過，至第六郎。六郎不可，曰：吾軀幹父母所授，胡必求藝以自殘。叟笑曰：可矣，六郎不殘其身，寧殘人哉，吾學可授矣。居石翁家八月，六郎乃盡有其師所授。一日與師試藝，力偪師於壁衣間，師陡起一腳，六郎立斃。師匆匆捲單行，至村橋，遇石翁於橋上。翁曰：先生胡挈囊以行。叟曰：六郎與老夫較力，老夫斃之矣。翁曰：吾尚有五子，師更擇其一而授之，六郎吾無惜也。將叟復歸。

見六郎微息，則出刀圭藥納其口，六郎頓蘇。於是更六月留。叟曰：吾學罄矣，六郎溫潤有養，必足以衛主翁之產，外侮不足慮。叟去近村三十里復授徒，可三十人。然侵晨起，必有納棗糕於案上，如是經月，始偵其人曰王新者，村人稱之曰酸糕新。叟問何求，新曰：夜來竊觀先生授藝，經月矣，顧不獲自進，意納糕爲脩脯，乞錄於先生者弟子門籍。叟笑曰：可。新乃輕趫便利，不六月藝出此三十人者上，履險騎危，如猿猱。遂謝叟去爲群盜，剽掠於近郊間，郡人咸以爲苦。尋偵得新爲叟之高弟也，則並叟而訟之於理。叟既見錄，知年老不足以制新，則行三十里造六郎家，延六郎捕盜自贖。六郎遜謝，叟曰：汝勿悸，新所能者老夫知之，新每登屋，必倒其刀鋒下向，追者踵上，則新刀必疾下中追者肩井，立死，老夫今授汝趣登疾退之法，見新超而登瓦，汝則僞作聲勢慫從之登者，新備汝必疾以刀下，汝已狙伏，新不中，且更上，汝則鼓勇以刀鋒上翹，中其股，新墜矣。六郎習刀法可十日，遂同叟捕新，果遇之村店，六郎如叟言，新中創墜，卒捕得之，伏誅。

두 번째 이야기

쇠돌이 아지

우리 푸젠(福建) 싱화(興化)의 셴유현(仙遊縣) 관내 어떤 마을에 어떤 부유한 과부가 외동아들 아지(阿地)를 키우며 살고 있었다. 아지는 어려서부터 병이 많았는데 손목을 다쳐서 부러졌다. 그의 나머지 오른손도 비수와 젓가락을 간신히 잡을 수 있었다. 집안사람들이 앞다투어 그를 속이고 업신여겼다. 과부는 그들의 괴롭힘을 참을 수 없어서 맹세코 말했다.

"나는 저런 못된 인간들에게 맞서기 위해 내 전 재산을 들여서라도 내 아들에게 무술을 익히게 하고 싶어. 저런 남편이 있는 사람들은 우리의 고통을 이해할 수 없을 거야!"

아들이 자라자 과연 어머니의 말처럼 집을 떠나 강가 오른쪽에 있는 어떤 절로 주지 스님을 찾아갔다. 주지 스님은 연세 높으나 소림 검술에 정통했다. 아지가 엎드려 절하고 어머니의 말을 아뢰며 소림 권술을 가르쳐줄 것을 울며불며 간청했다. 스님이 처음에 거절하였으나 결국에는 아지를 불쌍히 여겨 받아주었다. 절 뒤쪽 채마밭에 석순 한 개가 묻혀 있었다. 위쪽은 날카롭고 아래쪽이 크고 둥근 모양인데, 흙 속에 한 자 정도 묻혀서 단단히 꽉 박혀 있었다. 스님은 아지에게 날마다 손으로 그것을 잡아뽑도록 명령했다. 처음에는 미끄러워서 손으로 잡을 수조차 없었다. 하지만 밤낮으로 그것을 잡아빼니 세 해가 지난 뒤에는 석순을 뽑아낼 수 있었다. 일단 돌을 들어 올리게 되니 정수리 위로 넘길 수 있고 몇 자 밖으로 내던질 수 있게 되었다. 스님이 빙긋이 웃으며 그에게 무술을 가르치기 시작했다. 이렇게 해서 또 한 해를 보낸 뒤에 그를 집으로 돌려보냈다. 아지가 그토록 기막힌 무술을 익혔다니! 어머니도 믿을 수 없었다.

집안사람 가운데 어떤 힘센 자는 아지가 소림 권술을 새로 익혔다는 소문을 듣고 그를 궁지에 빠뜨려 시험해 볼 기회를 찾았다. 어느 날 그들이 비좁은 골목에서 딱 마주쳤다. 집안의 힘센 자가 손을 내밀어 아지의 옆구리를 잡아끌려고 했다. 아지가 난데없이 붕 떠서 그 사람의 몸 뒤쪽으로 날아가서 손을 내뻗어 그의 머리통을 쥐었는데, 그만 머리통이 박살이 났다. 그리하여 온 집안사람이 들고일어나 아지를 관아에 고발했다. 고을 원님은 청렴하신 분이라 그 사정을 잘 알기에 곤장으로 볼기를 치게 하고 그를 유배시켰다. 몇 해 지난 뒤에 아지가 센유현으로 돌아오니 사람들이 모두 쇠돌이라고 불렀다.

○

◖ 감상: 스님은 아지의 불쌍한 사정을 알고 마지못해 그를 제자로 받아들인다. 흙 속에 박힌 석순을 뽑아내도록 한 것은 겨우 젓가락만 들 수 있는 아지의 손을 단련시킨 것이다. 또 하나는 아지의 참을성과 끈기를 보며 정신훈련을 시킨 것이다. 집안의 힘센 자는 자신의 힘만 믿고 약한 사람을 가엾이 여길 줄 모르는 자이며 막돼먹은 자이다. ◗

鐵人

吾閩興化之仙遊縣，某村有富孀，僅一子阿地，少病創斷腕，餘右手僅能握匕筯。族人爭魚肉之，孀不堪其擾，誓曰：吾願罄吾產，令吾子習武以禦強暴，非是未亡人弗能堪也。子長果如母言，出走江右某寺中，謁住持。住持老而精少林劍術，則涕泣膜拜，述母言。僧初拒而終憫之。埋石筍於後圃，上銳下豐，入土經尺，嚴築之令牢固。每日命地以手撮之起。始滑不可攧，乃日夕撮之，可三稔。一旦石陡起，越過頭上，飛擲數尺以外。僧微哂，於是始教以武技，經年遣歸。母亦不之奇也。族之豪健者，聞地新得少林拳技，謀阨險而試之。遇於小衕中，族人進手，將拉地脅。地忽騰起，越過族人後，以手撮族人顱，顱立碎。舉族訟之，官廉稔其情，決杖而流之。數年始歸，仙遊咸稱地曰鐵人。

세 번째 이야기

깨진 바리

'깨진 바리'라는 자는 나와 한 동네 사람이다. 그의 이름은 잊어버렸고, 나이 많은 어른들이 늘 그를 깨진 바리라고 불렀다. 우리 집은 헝산(橫山)에 있고, 서쪽으로 돌아가면 제중팡(竭忠坊)에 이른다. 그곳은 남당 척계광*의 공적을 기리기 위해 세운 지역이다.

하루는 깨진 바리가 제중팡 쪽으로 걸어가고 있었다.

---

* 척계광(戚繼光, 1528-1588): 자(字)는 원경(元敬)이고, 호(號)는 남당(南塘)이다. 1555년(嘉靖 34)부터 저장(浙江) 진화(金華)와 이우(義烏)에서 농부와 광부 등으로 4000명의 군사를 조직 훈련한 '척가군(戚家軍)'을 항왜군(抗倭軍)의 주력(主力)으로 삼아 왜구(倭寇) 토벌에 나섰다. 1567년까지 십여 년 동안 왜구와 팔십여 차례나 전투를 벌였다. 그 뒤에도 그는 푸젠(福建)과 광둥(廣東) 연안에서 왜구를 섬멸해 남동(南東) 해안 지역을 평정했다. 그의 문집 속의 『척소보주의(戚少保奏議)』(北京, 中華書局, 2001)를 참고할 수 있다.

이 길은 비좁은 데다가 양쪽에 모두 늪지가 있다. 어떤 젊은이가 힘세고 살집 좋은 말을 타고 달려와서는 말 대가리로 깨진 바리의 가슴팍을 쳤다. 깨진 바리가 손으로 말 다리를 붙잡아 사람과 말을 한꺼번에 번쩍 들어 올렸다. 젊은이가 다행히 기마술이 좋아 떨어지지는 않았고, 되레 쇠가 박힌 말굽으로 깨진 바리의 가슴팍을 무자비하게 짓밟았다. 깨진 바리는 아무렇지도 않은 듯하니, 그제야 젊은이가 살려달라고 애걸했다. 깨진 바리가 말 다리를 놓아 내려주며 가게 했다.

뒤에 또 어느 날 깨진 바리가 어떤 초대의 글을 받았다. 말인즉슨, 남쪽골짝에 무술잔치를 마련하여 장쑤(江蘇)와 안후이(安徽) 일대의 이름난 장사들을 불러 모시겠으니 깨진 바리도 와서 무술을 겨뤄보도록 청한다는 내용이었다. 깨진 바리는 강호에서 오래 돌아다녔고 창장(長江)과 화이수이(淮水) 일대의 많은 뛰어난 자들을 잘 알지만, 낯선 푸젠(福建) 땅으로 흘러들어 와서 이런 사람들이 모인다고 한 것을 보니 자신의 무술로는 어림도 없을 것이라. 그 길로 고을 남쪽에 자리한 어떤 절로 스님을 찾아가 어찌할지를 의논하였다. 스님은 서른 살 정도 되었고, 온화하고 공손하며 시문으로 이름났다고는 해도 무슨 무술을 할 수 있다는 소리를 듣지 못했다. 깨진 바리가 어디서 그 사실을 알았는지는 잘 모르지만, 스님에게 도와달라 힘껏 사정사정하였다. 스님이 말했다.

"사람이 산에 들어온 지 오래되면 사람 세상의 일에 관여하지 않는 법인데 그대에게 어찌 남과 겨룰 무술을 가르쳐줄 수 있다는 말이오? 정 그러하면, 여기 절 문턱이 두 자 정도 높으니, 내가 문턱 위에 누워 있을 때 그대가 주먹으로 내 가슴을 칠 수 있으면 내가 그대를 도와드리지요."

스님은 말을 마치고 일어나 나갔다. 깨진 바리가 스님을 따라 나가며 스님의 말에 따라 주먹으로 치려 하나 아무리 해도 명중할 수 없었다. 그리하여 깨진 바리는 더욱더 스님의 신기한 기술을 익히기 위하여 오래도록 꿇어앉아 힘껏 가르침을 청하였다. 스님이 마지막에 허락하며 말했다.

"내가 그날 머리를 싸매고 일반 사람 차림새를 할 것이니 그대가 먼저 무술잔치로 가 있으시오. 잔치가 무르익을 즈음에 내가 그대를 대신하겠소. 마지막에 이기고 지는 것은 모두 내 일이니 그대와는 무관하오."

때가 되어 깨진 바리는 남쪽골짝으로 갔다. 그곳에 잔칫상 열 몇 개가 놓여 있었고, 윗자리에는 어떤 노부인이 앉아 있었다. 노부인은 온 머리의 새하얀 머리털을 이마까지 늘어뜨렸고 차분한 표정에 흐트러짐이 없었다. 술잔이 몇 번 돌았을 즈음에 스님이 정말 왔는데, 깨진 바리에게 집안사람의 병이 위급하니 얼른 돌아가야 한다고 말했다. 잔치에 온 사람들이 이러쿵저러쿵 와글와글 떠들었다. 스님이 말했다.

"사부님의 집안사람이 급병에 걸려서 얼른 돌아가셔야 하니 제가 여기서 재주를 선보이면 어떠하옵니까?"

푸젠 사람은 긴 의자를 만들어 사용한다. 긴 의자는 늘 한 장 남짓 자란 커다란 삼나무를 패서 만들고, 다리 여덟 개를 박아서 스무 사람이 나란히 앉을 수 있다. 스님이 그 긴 의자를 넓은 마당 한복판으로 들고 가서 긴 의자 위에 발로 밟고 서서 무술을 선보이니 긴 의자의 다리 여덟 개가 모두 흙 속 깊숙이 박혔다. 노부인이 말했다.

"센 젊은이로다. 당해내기 어렵겠다. 그자를 놓아주어라."

○

◖ 감상: '깨진 바리'란 근대 문학가 소만수(蘇曼殊, 1884-1918)가 1910년에 일본에서 지은 시 「그대에게 바치노니(有贈)」라는 시에 등장했다.

烏舍淩波肌似雪　사뿐히 걷는 선녀 눈처럼 새하얀 살갗
親持紅葉索題詩　붉은 나뭇잎 손수 들고 시구를 지어내
還卿一鉢無情淚　야속한 눈물 한 바리 그대에게 돌려주니
恨不相逢未剃時　삭발 전에 만나지 못해 아쉬워하며

春雨樓頭尺八簫　봄비 젖는 누각에 여덟 자 퉁소 소리
何時歸看浙江潮　언제 돌아가 저장의 호수를 보려는지
芒鞋破鉢無人識　억새 짚신에 깨진 바리 아는 이 없어
踏過櫻花第幾橋　벚꽃 지르밟고 얼마나 다리 건넜는지

뒤에 이 시의 1연은 『본사시 10장(本事詩十章)』에 일곱 번째 시로, 2연은 아홉 번째 시로 수록됐다. 소만수는 당시에 퍽 자유롭고 낭만적인 삶을 산 시인이자 소설가이다. 번역가로도 활동했다. 그는 불교에 귀의하기도 하고 세속적인 생활에 젖기도 했고, 임서와 같은 고문 소설가로서 당시 많은 인기를 누리기도 했다.

이 이야기 속 주인공은 속세와 인연을 끊고 불도 수양에 몰두하는 스님을 강호로 뛰어들게 하였으니 '깨진 바리'라는 별명에 딱 어울리지 않는가?

破鉢

破鉢者，與余同里，忘其姓，父老恒稱之曰破鉢。余家橫山，西轉即竭忠坊，戚南塘紀功坊也。破鉢一日近坊下，道狹，左右夾池沼，有少年怒馬趣坊下，馬首抵破鉢胸臆，破鉢以手擧馬足，馬人立。少年善騎幸不墜，然蹄鐵則力蹴破鉢之胸，破鉢若無事者。少年卑詞哀之，始釋去。又明日以柬至，言將延南中壯士，置酒高會於南澗，請破鉢較藝。破鉢行江湖久，知江淮多異人，流寓閩中，計衆集，必非己藝所任。則就南禪寺僧商所可。僧年三十許，頗溫文有詩名，亦未聞其能武者。不審鉢何由知之，力陳情於僧求助。僧曰：道人入山久，不與人間事，寧能爲爾較力於人，必不得已者，寺門之限，高二尺許，道人臥其上，鉢能以拳中吾胸者，吾力助汝。僧起。鉢隨出山門，如僧言，累擊乃不中。鉢益神僧之所爲，長跽力請。僧許諾曰：道人明日裹首爲恒人，鉢先與會，席半，道人至，易汝歸，勝負均道人事，無與汝矣。至期，鉢至南澗，列長筵十數，首座爲老嫗，白髮被顙，神至堅定。酒數行，僧入言師家人病急，趣歸。座人大譁，僧曰：師家得劇患，吾留此獻技，乃不可耶。閩人製長橙，恒斫巨杉可丈許，自顚及末，安八足，可列坐二十人，僧擧橙置廣場, 力蹴其上奏技, 八足均深陷入土盡沒。媪曰 : 此猘兒, 未易當也, 釋令去。

네 번째 이야기

뛰는 놈과 나는 놈

유영년(劉永年)은 장시(江西) 첸산(鉛山) 사람이고, 푸젠(福建) 젠닝(建寧) 시내에서 과일 점포를 운영했다. 당시에 많은 안후이(安徽) 펑양(鳳陽) 사람이 그 일대에서 돌아다니며 동냥했는데 도적처럼 거칠고 사납기 이를 데 없었다. 하루는 어떤 비렁뱅이가 와서 유영년에게 호두를 달라고 했다. 유영년이 호두 한 알을 던져주자 그가 두 손가락 사이에 끼워서는 부수어 먹고 더 달라고 했겠다. 유영년이 웃으면서 호두 몇십 알을 꺼내서 손목으로 찧었더니 호두가 전부 박살이 났다. 그 비렁뱅이가 그것을 보고는 웃으면서 떠났다.

다음 날 또 다른 비렁뱅이가 사당에서 쇠 향로를 들고 왔다. 이백 근이나 되고 반짝반짝 빛나는 쇠 향로였다. 그리고는 유영년에게 마실 차를 달라고 했다. 유영년이 한 손으로 쇠 향로를 번쩍 들어서 안으로 들고 들어가 물을 가득 담아서 비렁뱅이에게 돌려주었다. 비렁뱅이가 보고는 의젓하고 당당하게 떠났다. 그리하여 유영년이 젠닝 일대에서 떠들썩하게 용감한 이름을 날렸다.

하루는 사당에서 연극을 공연했다. 유영년이 무대 앞에 똑바로 선 채로 구경했다. 난데없이 어떤 난쟁이가 머리통을 유영년의 배에 기댄 채로 무대 위쪽으로 올려다보며 구경했다. 유영년이 조금 뒤로 물러나자 그 머리통도 따라오더니 더욱 그의 배를 괴고 있었다. 유영년이 부아가 치밀어 손가락으로 난쟁이의 머리통을 톡톡 쳤다. 난쟁이가 그를 쳐다보더니 되레 손가락으로 유영년의 옆구리를 꾹 눌렀다. 유영년이 기겁하여 재수가 없음을 알고 황급히 집으로 돌아왔다. 그는 한 달도 못 되어 병으로 세상을 떴다.

그 난쟁이가 쓴 것은 바로 남쪽 지역에서 혈맥을 끊는 절맥(絶脈)이라고 말하는 권술이다. 북쪽 지역 사람은 급소를 찌른다 하여 점혈(點穴)이라고 말한다.

○

◖ 감상: 유영년은 자신의 실력을 과시하여 비렁뱅이들을

쫓아버렸는데, 그것이 화근이 되어 난쟁이에게 급소를 찔려 죽음에 이르렀다. 그렇다고 막돼먹은 자의 행패와 억지를 그대로 받고 참아내야 하는 것이 옳았을까? 사람들은 상대를 보아가며 힘을 써야 한다고 말하는데, 그렇다고 괴롭힘을 당하면서 참는 데도 한계가 있지 않았을까? ◗

侏儒

劉永年者，鉛山人，設果肆於建寧城中。時鳳陽人多行乞於是間，頗強恣，類劇盜。一日就劉乞胡桃，劉投以一桃，則二指夾碎，食已復請。劉笑出胡桃數十，以腕碾之，則皆碎，丐笑而去。明日別丐舉神祠鐵香爐可二百斤，滌淨，就劉肆乞茗飲。劉以一手挈取入內，掬水滿中授丐，丐凜然自去。於是劉之勇名，大噪於建寧間。一日神祠演劇，劉挺立臺前，忽有侏儒，以首置劉腹，仰觀臺上，劉少退，則更進而抵之。劉怒，以指彈侏儒首。侏儒反視，亦以指按劉脅。劉竦然知無倖，竟歸，不竟月病卒。此南中所謂絕脈，北人所謂點穴也。

다섯 번째 이야기

의적

산둥(山東) 타이안저우*의 장공(張公)이 타이안에서 벼슬할 적에 선정을 베풀어 이름이 났다.

하루는 공금 십만 냥을 운송하느라 접경지역을 넘다가 사납고 못된 도적과 맞닥뜨렸고 그 가운데 두 명이 살아 돌아왔다. 장공이 도적은 몇 명인가를 물으니 한 명이라고 대답했다. 도무지 오리무중이라 날마다 치안담당 포졸을 다그치고 도적을 수배하는 방을 붙이게 하였으나 도적을 끝내 잡지 못했다.

하루는 날이 저물 무렵에 어떤 말단 아전이 느닷없이 뛰어 들어와 장공에게 아뢰었다.

---

* 타이안저우(泰安州): 금(金)나라 시기에 설치한 행정 구역이고, 청(淸)나라 시기에는 타이안푸(泰安府)로 바뀌었다. 중화인민공화국(中華人民共和國) 성립 이후 타이안(泰安)을 말한다.

"도적을 잡는 조(趙) 아무개가 언제 그만두었습죠?"

장공이 말했다.

"달포 전이다."

말단 아전이 말했다.

"무슨 병이라 하였습죠?"

장공이 말했다.

"중풍이라 했다."

말단 아전이 말했다.

"조 아무개가 병을 핑계 삼은 것이 도적에게 공금을 강탈당하기 달포 전이라니 어떻사옵니까? 조 아무개를 잡아들이면 도적의 행방이 밝혀질 것이옵니다. 조 아무개도 칼잡이이니 사또께서 그를 조심하셔야 하옵니다."

장공이 그날 밤으로 조 아무개를 불러들이나 깊숙이 숨어서 한사코 나타나지 않았다. 장공은 은밀히 그가 숨은 곳을 알아내어, 찾아가자마자 다짜고짜 그에게 절을 하며 침상 아래쪽에 꿇어앉았다. 조 아무개가 벌떡 일어나며 말했다.

"사또께서 어디서 듣고 소인이 있는 곳을 아셨습니까? 도적의 행방을 소인이 압니다만 힘으로는 이길 수 없습니다."

조 아무개가 주변 사람을 물러가게 한 다음에 장공에

게 아뢰었다.

"사또께서 먼저 소인의 처자식을 붙잡아가십시오. 그래야 제가 그 두목에게 인정을 내세워 호소할 수 있고 도적을 잡을 수 있사옵니다."

그리하여 장공이 그날 밤으로 그의 말을 받아들여 그의 처자식을 잡아갔다.

다음 날 조 아무개가 제 발로 장공을 찾아왔다.

장공의 집안에 섭구(葉九)라는 젊은이가 있는데, 힘이 세고 화살을 잘 쏜다. 섭구가 조 아무개의 구부정한 등을 보고 그를 가벼이 보며 저도 힘을 뽐내면서 제가 따라가 도적을 정탐하게 해달라고 말했다. 조 아무개가 안 된다고 하니 고집을 부리며 청했다. 조 아무개가 말했다.

"정말로 도적이 숨은 곳에 이르러 소인이 멈추라고 말하면 멈추고 기침을 해서도 안 되고 소리 내도 안 되오. 그것을 어기면 곧장 황천길이오."

밤에 두 사람이 함께 깊은 산속으로 꼬불꼬불 이리저리 돌아 들어갔다. 가파른 길에 어느 커다란 나무 아래에 이르자 조 아무개가 말했다.

"다 왔소."

섭구에게 나무 위로 올라가서 꼼짝하지 말도록 하고는 조 아무개가 난데없이 소리 높여 엉엉 울었다. 건너편 산속에서 묻는 소리가 들렸다.

"우는 사람은 조 영감이오?"

조 아무개가 말했다.

"그러하오."

저쪽에서 말했다.

"그만 우시오, 영감의 일은 나도 상세히 알고 있소. 영감 배고프시오?"

조 아무개가 말했다.

"그렇소."

대답이 미처 끝나기 전에 어떤 사람이 앞에 나타났는데, 손에 등롱 한 개를 들었고, 또 옆구리에 술과 고기를 끼고 있었다. 두 사람이 나무 아래쪽에 마주 앉아서 먹고 마셨다. 섭구가 그 광경을 내려다보나 바람결에 불빛이 흔들려서 전혀 보이지 않았다. 목소리는 젊은이 같았으나 두 사람이 소곤소곤 주고받는 말을 알아들을 수 없었다. 떠날 즈음에 크게 말하는 소리가 들렸다.

"그것을 취루뎬(屈鹿店)에서 가져가라 하시오."

섭구가 나무 아래로 내려간 뒤에 조 아무개에게 젊은이는 누구냐고 물었다. 조 아무개는 대답하지 않다가 한참 뒤에 말했다.

"돈은 고스란히 있으니, ×× 날 ×× 마을 다리 아래서 가져가라고 했소."

섭구가 말했다.

"아까 취루덴이란 건 무슨 말이오?"

조 아무개가 말했다.

"도적의 시체를 가져가라는 거요."

이들이 관아로 돌아가 이렇게 아뢰자 장공도 몇 마디 말하였으나, 장공은 제때에 다리 아래로 가서 돈을 찾을 수 있을지 더는 캐묻지 않았다.

섭구는 강직하고 의협심이 강한 젊은이다. 취루덴에 수상한 낌새가 있는지를 정찰하고 싶어서 일반 장사꾼 차림새를 하고 그날 늦은 오후에 그곳으로 갔다. 취루덴의 주인이 손님을 사절했다. 그렇지만 다른 손님이 없어서 재워줄 것을 청하니 한사코 주인이 말했다.

"정 그러시니 이리하면 어떨지요?"

섭구가 말했다.

"어떻게 할까요?"

주인이 말했다.

"아까 어떤 굉장한 도적이 사람을 시켜 나에게 알려주었는데, 오늘 밤에 절대로 손님을 한 분도 재우지 말아야 한다고 말했소. 도령은 오늘 밤 마구간에서 지내고 화살을 꼭 몸에서 떨어뜨리지 말고 도적이 물러간 다음에 나오시오.”

섭구는 주인의 말에 따라 마구간으로 들어가서 숨어 있었다.

저녁 무렵에 어떤 씩씩하고 잘생긴 젊은이가 등롱을 들고 왔다. 그리고 맛 좋은 음식을 마련하여 마당 한가운데 가득 벌려놓았다. 한밤중 삼경(三更)이 다 넘어갈 무렵에 어떤 자들 여덟 명이 갖옷에 긴 칼을 차고 이르러서는 그 자리에 앉아 술을 마셨다. 술자리가 한창 무르익을 즈음에 좌중에서 어떤 자가 말했다.

“시간이 되었는데 왜 안 오는 거요?”

건너편 자리에서 푸른 옷을 입은 젊은이가 말했다.

“왔지!”

그러자 자리에 있던 자들이 모두 벌떡 일어났고, 그 말을 한 자가 다짜고짜 앞으로 달려들었다. 젊은이가 손가락으로 그자의 가슴을 치니 그 자리에서 죽었다. 젊은이가 살짝 한숨을 내쉬며 말했다.

“저 미련한 놈이 제 무덤을 팠구나!”

그들 가운데 우람한 몸집의 사내가 맞서며 소리쳤다.

“두목이 일곱째 아우를 죽이다니!”

젊은이가 노여워하자 그 사내가 말했다.

“두목이 장공의 접경지역에서 벌인 일을 모른단 말이

오? 그를 파견했잖소?"

젊은이가 어이없다는 듯이 말했다.

"옳거니. 그러니 곱절로 갚아야지."

말을 마쳤을 때는 모두 죽은 뒤였다.

섭구가 몰래 돌아가서 장공에게 아뢰었다.

장공은 그 시체들을 가져다가 묻었다.

○

◖감상: 이 소설은 푸른 옷을 입은 젊은 도적 두목에 관한 이야기이다. 수하 일곱째는 두목의 허락 없이 제멋대로 나랏돈을 도적질하였고, 포졸들도 죽였다. 장공은 선정을 베풀어 이름난 원님이다. 그는 함부로 살생하는 벼슬아치도 아니다. 아무리 못된 도적이라 해도, 청백리를 약탈하고 그의 관내에서도 약탈하지 않는다. 그리하여 젊은 도적 두목은 수하들에게 이날 밤 취루뎬에서 어떤 자가 결투를 신청했으니 그곳으로 모일 것을 명령했다. 그리고 자신이 먼저 가서 술자리를 벌여놓고 기다렸다. 결투의 시간이 다 되도록 도전자는 나타나지 않았다. 사태를 파악한 일곱째가 섣불리 두목에게 달려들었다가 죽임을 당했다. 나머지 수하가 장공의 접경지역에서 공금을

도적질한 공이 있는 일곱째를 죽인 것에 항변하자, 젊은 두목은 술자리에 참석한 수하를 모두 죽이게 된다. 청백리를 약탈하지 않으며, 청백리와 그의 나랏돈을 약탈한 자는 죽어 마땅하다는 규칙을 세운 젊은 도적 두목은 의적이라 하지 않을 수 없다. ◗

盜俠

山東泰安州張公，官泰安時有政聲。一日京餉十萬過境，爲劇盜取其二。公問盜幾人。曰一人。大疑，日召遊徼楚榜之，卒不得盜。時天暮，有小吏突進告公曰：捕盜趙某除籍幾時矣。公曰：先一月耳。吏曰：以何病告。曰：風痹耳。吏曰：趙之移病在被盜之前一月，何也，但得趙，賊蹤明矣，然趙劍客也，公宜善遇之。公夜造趙，深匿不見。公微得其臥處，直前拜之床下。趙奮起曰：公何聞而知我，顧賊蹤余知之，但不忍以力勝。屏人告公曰：公先錄吾妻子以去，吾始得以情哀其渠，必得賊。公果夜收其妻子以去。明日趙自詣公。有葉九者，公戚，多力善射。見趙駝背，易之，自炫以力，慫從趙偵賊。不可，固請。趙曰：苟至賊所，吾曰止，君止也，勿咳勿詘，違之立斃。夜同行亂山中，路陡絕，及大樹，趙曰：止矣。令升樹勿動，趙忽擧聲號。聞隔山問曰：哭者其趙叟乎。曰：然。曰：叟哭止，叟事余固審之，叟飢乎。曰：飢。聲已人至，手一燈，並挾酒肉，對飮樹下。俯瞰之，風顫燈光，初不甚了，聲似一少年也，問答語細不可聞。臨去乃大聲曰：取之屈鹿店耳。旣下，葉問少年誰也。不答，久曰：金具在，當以某日取之某村橋下。曰：適言屈鹿店者何。曰：取盜尸。旣至告公亦數言，公不更詰，如期果得金橋下。葉九者忼俠少年也，必慾一覘屈鹿之異，變服爲布賈，日晡至店，店人辭。然固無客，更請。店人曰：不得已者，請爲客謀。葉九曰：何謂也。店人曰：適巨盜以人告我，曰今夜必毋宿一客，今請客處馬圈中，以矢偎身，盜去乃出。從之。抵暮有英偉少年籠燈至，以膏粱席藉庭中都滿，三更向盡，有八人曳長裘至，席地飮酒。半，座間人呼曰：時至未。隔座一綠衣少年曰：至矣。擧座皆起，呼者直前。少年以指置其胸，立死，微唶曰：此子愚乃自斃。輩中有偉丈夫抗言曰：死七弟者君耳。少年愠，丈夫曰：君乃不知是爲張公境耶，而遣之。少年頓足曰：良然，當倍衈之。言已皆去。葉潛歸告公，公取尸葬之。

여섯 번째 이야기

도적 두목 유팽생

나의 오랜 벗 양보신(楊寶臣) 선생이 나에게 들려준 젊은 시절의 경험 이야기는 이렇다.

나는 젊었을 때 한 번은 배를 타고 용상*으로 갔다. 삼나무로 만든 배였다. 나는 배에서 짐보따리를 펼쳤지만, 눕고 일어나는 일조차도 매우 불편했다. 닝보에 거의 다다랐을 즈음에 난데없이 도적 두목과 맞닥뜨렸다. 도적 두목은 배 주인을 인질로 삼아 약탈하려 했다. 뱃사공이 배 주인을 숨겨주고 나를 가리키며 도적 두목에게 말했다.

"바로 저 사람이우."

그래서 내가 묶여서 도적들 배로 끌려갔다.

---

* 용상(甬上): 저장(浙江) 닝보(寧波)의 다른 명칭이다.

유팽생(劉彭生)이란 사람은 힘센 장사였다. 배에는 다른 건 없고 바위들만 실려 있었다. 유팽생이 삼백 근이나 되는 바위를 들어 올려서 힘을 자랑하여 나를 벌벌 떨게 했다. 배에 오래 묵은 술을 숱하게 벌려놓았다. 유팽생이 난데없이 나를 가리키며 술을 마실 수 있는지 물었다. 유팽생의 졸개들이 앞다투어 나에게 술을 마시게 해서 나도 모르게 취했다. 깨나고 보니 내가 위층에 누워 있었다. 위층에는 겹겹이 거미줄이 가득 쳐지고 밧줄이 어지러이 흩어져 있었다. 유팽생이 나의 짐 상자를 뒤지다가 내 명함을 보았다. 유팽생은 명함을 가진 자는 모두 벼슬아치라고 생각해서 나를 벼슬아치로 여겼다. 내가 아니라고 말해도 그는 듣지 않았다. 한참 뒤에 그의 어머니가 왔다. 어머니는 예순 살인데 아직 굳세고 정정했다. 그 여동생은 스무 살 정도인데, 양반집 규수같이 제법 예뻤다. 어머니는 유팽생이 고을 벼슬아치의 폭정을 견디지 못해 홧김에 도적이 되었고, 그래서 이제껏 함부로 사람을 죽이지 않았으니, 내가 뒷날 무사히 집으로 돌아가게 되면 어머니인 자신을 봐서 고을 원님에게 유팽생을 처벌하지 말고 석방하도록 말해달라고 부탁했다.

어느 날 저녁에 유팽생이 수하의 졸개들에게 잔치를 베풀어주었다. 술이 커다란 항아리에 담겨 있어서 나에게

술을 퍼다가 나눠주게 했다. 나는 그들이 먹고 마시고 흥성거리는 틈에 몰래 표주박을 내려놓고 줄행랑을 놓고 우선 유팽생의 막내 작은아버지에게 가기로 작정했다. 그는 착한 사람이었다. 내가 헐레벌떡 달아날 뜻을 내비치자 나를 도망가도록 놓아주었다. 나는 그날 밤에 그의 집으로 들어갔다. 그는 이미 자리를 피했고, 짚가리를 가득 쌓아놓은 곁채가 있어서 나는 짚가리 속에 웅크리고 숨어 있었다. 얼마 뒤에 추격자가 그의 집으로 나를 찾아왔는데, 사방을 둘러봐도 나를 찾을 수 없었다. 그 가운데 어떤 도적이 창으로 짚가리 더미를 마구 쑤셔댔다. 나는 몇 번이나 허벅지를 찔릴 뻔해서 짚가리 더미에서 나왔다. 유팽생이 부아가 치밀어 당장에 나를 참수하라고 명령했다. 어머니가 난데없이 나서서 유팽생에게 한바탕 욕설을 퍼부으면서 나를 보호해 위층으로 데리고 올라갔다. 유팽생의 어머니가 나에게 자기 몸 뒤쪽에 숨어 있도록 하니, 유팽생은 쫓아와서도 감히 칼을 쓰지 못했지만, 어머니에게 애걸하며 말했다.

"어머니, 양보신을 사슬에 묶게 해주세요. 함부로 달아난 자이니, 아들 일을 망치게 할 것입니다."

유팽생의 어머니가 거역할 수 없어서 나를 내주었다. 그래서 나는 사슬에 묶이게 됐다.

다음 날 부엌에 갔다가 유팽생의 여동생을 보았다. 여동생이 사슬에 묶여 있는 나를 가엾이 여겨 함께 밥을 지었다.

뒤에 비가 내린 어느 날, 유팽생이 상인 두 명을 더 잡아 왔다. 그 가운데 한 사람은 내가 옛날부터 아는 사람이었다. 도적소굴에서 어쩌다가 아는 사람을 만나니 세상에 더없이 반가웠다. 그리하여 함께 밧줄을 매달아 밤중에 도망하기로 모의하고, 밧줄을 난간에 묶어놓았다. 밤에 비가 내려 날씨가 흐리고 서늘하여 날이 밝는 줄도 모르고 잠을 잤다. 일어나서 보니 밧줄을 함께 묶었던 사람은 달아나고 없었다. 나와 아는 사람만이 계속 갇혀 지냈다.

유팽생이 난데없이 나에게 내 인척 앞으로 편지를 쓰도록 했다. 천금을 가져오면 나를 풀어준다는 거였다. 내 인척은 오랫동안 벼슬을 했다. 나는 그 사람에게 의탁하러 온 길이다. 하지만 그가 나를 구해줄지 어쩔지는 장담하지 못했다. 사흘 뒤에 몸값이 왔고, 유팽생이야 기뻐했지만, 그 어머니와 여동생은 몹시 슬퍼하며 울며불며 나를 못 가게 했다. 한밤중에 유팽생이 커다란 허리띠를 매고 나에게 손으로 그 허리띠를 잡고 따라오라고 명령했다. 그런 다음에 산길을 따라 나를 데리고 갔다. 높든지

낮든지 간에 유팽생의 말을 들으면서 한참을 걸어갔을 때 어떤 배에서 깜빡거리는 등불을 보고 강가 가까이 온 것을 알았다. 배는 한 장 넘게 길었고, 도적 열 몇 명이 여기저기 누워 있었다. 나는 그 가운데 뒤섞여 있으려니 뭐라 표현할 수 없을 정도로 서글펐다.

다음 날 나는 아저씨 댁에 이르렀다. 아저씨는 융상에서 장사를 하고 있었고, 나를 고향으로 돌려보낼 생각이었다. 하지만 이웃 마을에 있는 도적 떼가 그 일을 알게 되었다. 내가 천금의 몸값을 낼 수 있으니 집이 가난하지 않을 것이라 여기고 또 나를 납치할 생각을 품었다. 아저씨가 저녁 무렵에 거짓으로 가마꾼을 불러 말했다.

"내일 낮에 떠나게."

나는 한밤중 사경(四更)을 틈타 길을 나섰고, 가마꾼의 집으로 몰래 들어가서 내 짐을 들고 살그머니 그 고장을 떠났다. 나를 정탐하던 도적들은 미처 대비하지 못해서 내가 달아났다는 소리를 듣고 모두 땅을 치며 아까워했다.

○

◖ 감상: 양보신은 젊은 시절에 배를 타고 가다가 도적 두목 유팽생에게 끌려가서 몸값을 주고 풀려난 경험이 있

다. 유팽생은 원래 착한 백성이었는데, 탐관오리의 횡포를 견디다 못해 도적질로 살아가게 된다. 가난과 굶주림에 시달리며 죽음의 벼랑 끝으로 내몰린 백성에게 도적질은 나쁜 짓이고 죄를 짓는 것이니 하지 말라고 한다면 과연 그 말을 들을까? ◗

劉彭生

余老友楊寶臣先生, 爲余言 : 少時趁舟趣甬上, 杉舟也。吾展襆杉中, 臥起頗弗適。垂至寧波, 忽遇賊將, 劫質主人。舵工匿主人, 引盜指余曰 : 此是爾。余遂受縶, 移盜舟。彭生者力人也。舟中無所載, 咸載石。彭生擧石可三百斤示勇以駭余。舟中列陳釀無數。彭生忽指余謂爲能酒, 婁羅爭進杯酌, 余不期而醉, 迨醒已臥樓上。樓積破網及亂繩。彭生發余小篋笥, 見名紙, 彭生謂凡有名紙皆官也, 則指余爲官。余陳辯弗聽。久之母出。母年六十尙強健, 其妹則二十許, 容華頗類故家。母言 : 彭生不勝縣官之虐, 故激而爲盜, 然未嘗妄殺人, 郎君異日幸歸者, 爲媼告縣官, 釋吾彭生勿治。一夕彭生張宴款盜侶, 儲酒巨甕中, 令余司之。余計群盜方轟飮, 則捨瓢而遁。

先是彭生有季父，善人也。見余太息示意，將出余。余是夕逃入父家，父適出，疊藁滿廂，余蜷伏藁中。已而追者及父家，迹捕無得，有一盜以矛入藁，幾中余股，乃出。彭生怒命斬余。母忽至，則大詈彭生，擁余登樓，命余隱母後。彭生遂不敢進刃，但拜母曰：乞母必械寶臣，苟逸出者，將敗兒事。母不能拒，遂關余以械。明日至庖次見妹，妹惻然爲余去械，同炊。明日雨中，彭生復劫得二賈人，其一則余舊識也。賊中遇所親，乃奇樂，謀以繩夜縋，既繫繩樓闌，夜雨陰涼，睡竟忘曉，起視則同繫之一人遁矣。獨余與所識者仍囚拘。彭生忽令余移書吾姻，以千金贖余。姻果久宦，余來即依其人，第不能策其必得。又三日金至，彭生喜，而母妹則深悲極慟，不能捨余。迨夜，彭生束巨鞋，命余以手引其帶，導行山中，高下悉從彭生言，移時見船燈熒熒，知近水矣。舟長盈丈，賊十數縱橫臥。余蝨其中，悲愴不可狀。明日至余族父家，族父者方行賈於甬上，將治任送余歸。而隣村群盜知狀，謂余能以千金自贖，其家不貧，思更要余於道。族父夕中僞召輿夫言：將以明日日中行。迨四更即行，余就輿夫家潛舁而去。盜偵余者不備，聞余遁，乃大悔恨。

일곱 번째 이야기

쇠로 만든 나막신을 신은 중

나는 장시(江西) 지역의 검술 사부 조공수(趙孔修)와 사이가 좋지만, 그가 칼을 쓰는 걸 거의 본 적이 없다. 언젠가 그가 대나무를 쪼갤 때 그 부스러기가 땅에 흩어져 있었다. 조공수가 석 자 정도 되는 거리에서 손으로 댓조각을 잡아끄는 시늉을 했는데, 댓조각이 즉시 그의 손바닥에 달라붙었다. 이게 다름 아닌 흡인력이라는 걸까?

마마 자국이 이마와 뺨에 가득한 어떤 아이는 백 근이나 되는 물건을 짊어질 수 있으니 별난 힘을 지닌 아이이다.

조공수는 자신의 스승 이(李) 사부가 무술에 정통하지만, 성품이 온화하여 남과 부딪친 적이 없다고 말했다. 마을에 껄렁껄렁한 젊은이 열여덟 명이 있었는데, 제멋대로 나한*이라고 부르며, 힘을 앞세워 마을 구석구석을 설치고 돌아다녔다. 그들은 이 사부가 이름난 것이 달갑지 않은 터라 그를 불러 힘을 겨뤄볼 자리를 마련했다. 이 사부가 이르러 평상 위에 의자 열여덟 개를 올려놓도록 명하고 모든 나한이라 자처하는 자들에게 대놓고 말했다.

"내가 자네들을 한꺼번에 나란히 나한처럼 앉혀보겠노라."

열여덟 명이 한꺼번에 말했다.

"헛소리 마쇼!"

그들은 말을 하자마자 이 사부에게 우르르 달려들었다. 순식간에 이 열여덟 명은 이 사부가 들어 올린 주먹에 맞아서 모두 의자에 앉혀졌고, 한 명만 한쪽으로 치우쳤을 뿐이다. 열여덟 명이 이 사부에게 승복하고 윗자리로 그를 모셨지만, 여전히 이 사부를 제압할 궁리를 했다.

껄렁껄렁한 젊은이 열여덟 명 가운데서 세 사람이 어떤 중을 사부로 모셨다. 그들이 함께 어울려서 그 중을 찾아

* 나한(羅漢): 최고의 깨달음(이것을 '아라한과阿羅漢果'라고 한다)을 얻은 성자를 가리킨다. 주로 소승불교에서 수행을 완성한 사람을 이른다.

뵈러 갔을 때, 이 사부가 저희 스승을 능멸하고 더 나아가서 저희 스승과 권술을 겨뤄보려 한다고 말했다. 그 중이 부아가 치밀어 도전장을 보내 이 사부를 절로 불러들였다. 이 사부는 그 중이 속셈을 가진 줄 모르는지라 곧장 절로 갔다. 중이 준비를 단단히 하고 쇠로 만든 나막신을 신고 나와 이 사부를 맞이했겠다. 이 사부는 깜짝 놀랐다. 절밥을 먹은 뒤에 중이 무술을 겨뤄볼 것을 청하더니 몸을 쑥 솟구쳐서 손으로 마룻대 위에 늘어뜨린 줄을 잡자 두 쇠로 만든 나막신이 허공에 매달리게 됐다. 이 사부가 그 아래쪽으로 다가가면 쇠 나막신이 이 사부의 어깨에 박힐 테고, 즉시 황천길로 갈 것이 뻔했다. 이 사부가 재빨리 달려가서 쇠 나막신이 미처 밟기 전에 손을 미리 쳐들어 그의 정강이를 움켜쥐었다. 정강이가 으스러졌고, 중은 황천길로 곧장 갔다.

○

◖ 감상: 이 사부는 즐거운 마음으로 중의 초대를 받아들였는데, 이 사부를 맞이하는 중은 쇠로 만든 나막신을 신고 나왔다. 이 중은 무술의 고수가 될 자격이 없다. 이미 자신의 전략과 비장의 무기를 적수에게 노출했으니, 적

수는 미리 대비할 수 있었다. 수가 얕은 중은 쇠로 만든 나막신을 신어서 적수를 위협하면 적수가 지레 겁을 먹을 것이라고 여겼을 터이다. ◗

鐵屐和尙

江右劍師趙孔修善余，余不恒見其運劍。然斫竹片於地，以手去地三尺許，作勢引之，竹片立起附趙掌，殆所謂吸力耶。有童子痘瘢積於額頰，力能任百斤，奇童也。趙言其師李先生精武技，顧和藹未嘗忤人。村中惡少十八人，號羅漢，以武力長鄉曲，顧不樂李有能名，則張筵延李較藝。李至，命列榻十八於堂上，面所謂羅漢者曰：余必令君輩同時列坐，果如羅漢坐者。十八人者同曰：勿爲空言。於是雜撲李，咄嗟間，此十八人者，果皆爲李拳所中，咸據榻坐，獨一人側耳。十八人咸服李，延之首席，然猶思所以勝李者。十八人中有三人同師一僧，因挾其侶謁僧，言李語侵阿師，將進此與阿師角技。僧怒以柬招李，隨喜山門。李初不審僧之有隙也，徑至。僧結束，著雙鐵屐迎李。李大駭。食既，僧請試藝，疾起仰跳，以手攀棟上垂絙，懸雙屐空際，意李近其下，則屐鐵適陷李肩井，法立死。顧李捷疾，未及其下踐，則已仰握其脛。脛碎，僧立死。

여덟 번째 이야기

민중의 영웅 엄변

대조춘(戴潮春)이 타이완에서 봉기했을 때,* 그 수하에 대장군 두 명이 있었다. 한 사람은 여자(呂子)이고, 또 한 사람은 엄변(嚴辨)이다. 엄변은 키가 크고 몸집이 우람한데 일반 사람의 곱절을 먹고 마셨다. 그는 사람을 죽이고 그 피를 제 온몸에 발랐다. 보랏빛을 띠는 칼자루를 들어 올리면 피비린내가 그야말로 가까이 갈 수 없을 지경이었다. 스물두 근이나 되는 긴 칼이 춤을 추면, 썩은 나무 쓰러뜨리듯 관군이 소탕됐다.

---

* 1862년에 발생하여 1865년에 평정된 '대조춘 사건(戴潮春事件)'을 말한다. 청(淸)나라 시기 타이완(臺灣)의 '3대 민란(三大民變)'의 하나로 평가한다. 수령 대조춘(?-1864)은 이름이 만생(萬生)이고 펑화(彰化) 쓰장리좡(四張犁莊) 사람이며 본적은 푸젠(福建) 장저우(漳州)이다.

멍자*를 함락한 뒤에 배우들을 불러와 공연하게 했다. 엄변 자신은 높이 우뚝 솟은 자리에 앉아서 칼을 찬 채로 연극을 구경했다. 주방장이 맛 좋은 요리를 만들어 들여보냈는데, 자칫하다간 즉시 그것들 앞에서 머리통이 잘려서, 피가 고깃국에 튀어 들어갈 수 있다. 하지만 그는 계속 그것을 먹는다.

그의 아내를 '원수 부인'이라 불렀다. 원수 부인은 요사스럽게 화장하고 성을 공격할 때마다 비단 손수건에 빈랑을 싸서 성벽 위에서 수비하는 군졸에게 던져주고 아침 떠는 말로 경계심을 풀도록 만든 다음에 성을 공격했다. 흔히 그렇게 해서 성을 함락시켰다.

관군이 타이난(臺南)을 수복한 뒤에 엄변은 남은 힘을 다해 마흔 명을 죽인 다음에 비로소 죽었다.

○

* 멍자(艋舺): 타이베이(臺北)의 발원지이다. 핑푸족(平埔族)이 마상이(작은 배)를 모아둔 장소를 멍자라고 불렀고, 원주민 말로 'Moungar'이다. 당시에 타이완에 온 푸젠(福建) 취안저우(泉州) 사람이 이를 듣고 한자 '艋舺'와 푸젠 남쪽 지역의 발음 'Monga'와 같아서 사용하게 된 데서 유래했다 한다.

◖ 감상: 타이완에서 대조춘이 민중을 이끌고 봉기했을 때 활약한 엄변의 이야기이다. 엄변은 힘이 세고 두려움이 없으며 많은 싸움에서 승리하였다. 민중은 그를 영웅시하였을지 모르나 잔인함과 난폭함을 지녔으니 진정한 고수라 하기에는 부족함이 없지 않다. ◗

嚴辨

戴逆之起事臺灣也，有兩大將，曰呂子，曰嚴辨。嚴辨長身偉貌，飲食兼人，殺人以血膏身，起紫稜，腥不可近。舞長刀可二十二斤，摧陷官軍如拉朽。既陷艋舺，召優者奏技，自設高座，帶刀觀劇，廚者進膳，不特意，立斬其前，血濺杯羹，仍取啜之。妻曰元帥娘，傅粉如妖魅，每攻城，以羅巾裹檳榔，擲城上與守卒作媚語，浸懈，則趣攻之，城往往因之而陷。官軍既收復臺南，嚴辨猶力斫四十人始死。

아홉 번째 이야기

끝판왕 유군하

문하생 가운데 샹산(香山) 사람인 효렴* 유초어(劉楚漁)가 자신의 할아버지 유군하(劉君瑕)가 무술로 한 시대를 풍미했다고 말했다.

유씨 고택 앞에 자리한 산은 인근 푸른 산빛과 쭉 이어져 있고, 그 푸른 산에 채철우(蔡鐵牛)라는 사람이 사는데, 쇠뿔을 뽑을 수 있을 정도로 힘이 세지만, 유군하만은 두려워하였다. 유군하는 쉰넉 근이나 나가는 쇠로 만든 창을 갖고 다닌다. 예전에 길을 나섰다가 도적과 딱 맞닥뜨린 적이 있었다. 도적이 성큼성큼 다가섰지만, 이길 수 없음을 알고 도망쳐 숨은 데가 그만 막다른 골목에

---

* 효렴(孝廉): 옛날에 지방 벼슬아치가 해당 고을의 자제 가운데 '효렴(효성과 청렴성)'으로 조정에 천거할 수 있었고, 요즘 말로 관리 후보자라고 할 수 있다.

얕은 담이 이어진 곳이라. 유군하가 창으로 담장을 도려내자 그만 담장이 기우는 바람에 도적이 달아났다. 나이 일흔 남짓에 이르러도 빼어난 위력을 내뿜으며 의젓하고 굳세니 감히 덤비는 사람이 없었다.

링난* 지역에서는 봄이 되면 늘 사자춤 축제를 벌인다. 장사 열 몇 명이 사자를 따라가며 가두행렬을 펼칠 때 칼과 창이 빠질 수 없다. 사자는 흰 수염이 난 사람이라 특히 견줄 상대가 없어 사람들이 장사 중의 장사라고 일컬었다. 그 나머지에 붉은 수염 사자며 푸른 수염 사자도 있다. 마땅한 사람이 없으면, 희끗희끗 얼룩이라도 보여야만 사람들이 죄다 곁눈질이라도 하게 된다. 희끗희끗한 색을 중시하는 까닭은 무릇 나이 든 노인이 젊은이를 하찮게 여기기 마련이라 힘으로 다른 사람을 이긴다 하는 뜻에 있겠다.

당시에 앞산에 사는 어떤 젊은이는 유군하가 있는 것을 은근히 믿고 그 사자 수염을 희끗희끗하게 칠하고 푸른 산에 이르렀다. 그런데 채철우가 나와서 사자 대가리

---

* 링난(嶺南): 중국의 다섯 고개 이남 지역을 가리킨다. 다섯 고개란 웨청링(越城嶺), 두팡링(都龐嶺), 멍주링(萌渚嶺), 치톈링(騎田嶺), 다위링(大庾嶺)이다. 중국의 남쪽 지역과 범위도 가리키며, 광둥(廣東), 광시(廣西), 하이난(海南), 홍콩(香港), 마카오(澳門) 등지를 아우른다.

를 떼어 가져가서는 한사코 돌려주지 않았다. 앞산의 젊은이는 채철우를 이길 수 없음을 아는지라 손으로 끄는 가마를 끌고 가서 유군하를 모셔왔다. 유군하는 자다 말고 일어나서 가마에 올라탔고 어떤 사람이 창을 들고 가마를 따라갔다. 채씨 사당에 이르렀을 때, 유군하가 가마에서 내려서 창을 들고 춤을 추는데, 난데없이 창이 그만 바위틈에 한 자나 깊이 박혔겠다. 유군하가 수염을 너털거리며 말했다.

"채철우에게 창을 뽑아달라고 하게."

채철우가 벌벌 떨며 감히 나오지를 못하고 사자 대가리를 품에 안은 사람을 내보내서 앞산 사람에게 돌려주었다.

○

◖ 감상: 채철우는 힘센 장사로서 자신이 이길 수 없는 상대가 누구인가를 알긴 하지만 자기보다 힘이 약한 사람에게는 함부로 대했다. 유군하는 힘없는 백성 편에 서서 제힘만 믿고 날뛰는 사람들을 제압하는데 맞붙어서 싸울 필요 없이 무거운 창을 휘둘러 힘을 보여주는 것만으로도 충분했다. ◗

劉君瑕

及門香山劉楚漁孝廉，言其祖君瑕，武技冠一時。劉家前山與翠微爲隣毗，翠微有蔡鐵牛者，力能拔牛角，而獨畏君瑕。君瑕運鐵矛可五十四斤。嘗旅行遇賊，賊大至，知不能勝，遁入斷巷，短墻亘之。君瑕力以矛抉墻，墻傾遂逸。年七十餘，神威凜然，人無敢犯。嶺南之俗，當春恒作戲獅之舞，壯士十數，隨獅行奏技，刀槊匪所不具。惟獅鬣白者，則人謂是中固有壯士，特老不足較。其餘則紅也、綠也。人鮮當意，惟作斑白色，則人人咸側目矣。謂斑白之色，蓋老師輕邈少年，意必力勝其人始已。時前山人恃有君瑕，則斑白其獅鬣，行至翠微。蔡鐵牛出，取獅首以去，悍不還。前山子弟知不能勝鐵牛，則以腰輿迎致君瑕。君瑕扶睡登輿，一人負矛隨輿行。至蔡氏祠下，君瑕下輿，執矛舞，忽以矛插石罅中徑尺，掀髯言曰：請鐵牛爲拔是矛。鐵牛怖不敢出，以人齎獅首，還前山人。

열 번째 이야기

뛰는 임 식재 위에 나는 자

식재 임배기*는 푸젠(福建) 상간촌(尙幹村) 사람이고, 무과(武科)에 3등으로 급제했다.

한번은 임배기가 어린 첩을 데리고 길을 나섰는데 산둥(山東)에 이르러 어떤 객사에 묵게 되었다. 임배기가 일을 보러 밖에 나간 사이에 객사의 길손 가운데 허름한 행색의 어떤 사내가 휘장을 걷어 올리고 그의 어린 첩을 쳐다보았겠다. 어린 첩은 부아가 치밀어 임배기에게 이 사실을 고해바쳤다. 임배기가 다짜고짜 그 허름한 사내를 찾아 길손 방으로 올라갔다. 그 사내는 예의 없이 변명도 하지 않았다. 임배기가 그 사내에게 주먹을 수없이

---

* 임배기(林培基, 1851-1895): 자(字)는 발기(發夔)이고 호(號)는 식재(植齋)이다. 사람됨이 시원시원하고 충직하며 무술이 남달랐다. 을해(乙亥) 1876년(光緒 2)에 은과(恩科) 향시(鄕試) 2등에 급제했다 한다.

날렸는데, 그는 찍소리도 내지 않았다. 임배기는 그런 뒤에 손과 발이 중풍에 걸려 마비된 듯이 움직일 수 없었다. 이를 본 객사 주인이 말했다.

"위층 손님은 권술 사부라오. 그에게 싹싹 빌면 살려줄지 모르겠소."

임배기가 다른 사람 편에 사과의 뜻을 전했는데, 그 허름한 사내가 말했다.

"그 사람 마누라가 와서 빌라고 하시오."

어린 첩이 할 수 없이 그 허름한 사내에게 용서를 빌며 살려달라고 애걸했다. 그러자 그 허름한 사내가 내려와서 임배기의 손과 발을 주물러주자 씻은 듯이 나았다. 그 허름한 사내가 그에게 앞으로 삼갈 것을 말했다.

"병이 나을 때까지 술을 마시지 말고 부인을 가까이하면 아니 되오. 그렇지 않으면 목숨이 위태롭소. 그때 그대를 손가락 하나 감히 건드리지 아니하였거늘, 이 지경이 되었네그려. 나라에서 무술을 숭상하기는 하나 궁술이나 기마술 따위나 무술이라 여긴단 말이오. 이 늙은이는 도무지 이해할 수 없소이다."

이는 비부* 주송손(周松孫)이 나에게 들려준 이야기이다.

---

* 비부(比部): 형부(刑部) 사관(司官)의 통칭(通稱)이다.

○

◖ 감상: 임 식재는 객사에서 만난 어떤 길손에게 자칫 목숨을 잃을 뻔했다. 공자 가라사대, '예가 아니거든 보지 마라(非禮勿視)' 하였는데, 그 허름한 행색의 사내가 남의 어린 첩을 훔쳐본 것은 이유 여하를 막론하고 잘못한 일이다. 임 식재는 어린 첩의 말을 듣고 다짜고짜 그 사내를 주먹질했는데, 그가 만일 무과에 급제한 무인이 아니었다면 그리하지 못했을 것이다. 그 사내가 그 상황에서 뭐라 변명을 하면 임 식재가 그의 말을 수긍했을까? 그 사내는 권술 사부이자 전통 무술을 전수하는 사람으로서 임 식재가 무과 벼슬아치라는 것을 알고 있었을 것이다. 당시에 (호신용도 되지 못하는) 화살 쏘기니 말타기 따위나 중시하고 관리를 선발한 나머지 전통 무술이 내리막길을 걷고 있는데 불만을 품었던 것으로 보인다. ◗

林植齋

林植齋培基，閩之尙幹村人，以武科第三人及第。挾其稚妾至山東，宿逆旅中。林他出，有同舍寠人，屢搴帷視其稚妾，妾怒訴之林。林徑登寓樓，尋窶人。窶人蠢蠢無所陳辯。林拳毆之無數，窶人一無聲響。林既下，手足如病風痺，不能動。逆旅主人曰：樓上人老拳師也，哀之尙可得生。植齋頗以人示意。窶人曰：必其姬氏哀我。妾不得已道歉衷，窶人下爲撫摩旋愈，且戒之曰：勿飮酒，勿近婦人，疾當已，不爾亦殆，當時不敢以一指加君，尙委頓至是，然國家尙武，固以弓馬之力爲武耶，則老夫所不能深解矣。此周松孫比部爲余云。

열한 번째 이야기

스스로 처벌받은 홍애이랑

홍애이랑(洪崖二郎)은 일흔가량 된 노인이다. 내가 스물한 살이었을 적에 곽(郭)씨 성을 가진 사람이 운영하는 객사에 묵었다. 곽씨는 반역을 꾀한 번왕 경정충*의 옛집 터가 있는 저장(浙江) 왕푸지(王府基)에 살았다. 경정충의 옛집은 난리 통에 불타버렸고, 대문 앞에 있던 돌사자 두 개만 남아 있었다. 홍애이랑은 그 돌사자 옆에 있는 오막살이에 살았다. 그는 길을 걸을 때 걸음이 매우 느려서

* 경정충(耿精忠, 1644-1682): 청(淸)나라는 윈난(雲南)의 평서왕(平西王) 오삼계(吳三桂, 1612-1678), 광둥(廣東)의 평남왕(平南王) 상가희(尙可喜, 1604-1676), 푸젠(福建)의 정남왕(靖南王) 경정충을 번왕(藩王)으로 두었다. 1673년(康熙 12)에 삼번(三藩)을 폐하는 조서를 내리자 경정충은 자칭 총통병마대장군(總統兵馬大將軍)이 되어 오삼계와 합병해 장시(江西)로 진격했다가 진압당했다. 1682년(康熙 21) 정월에 반란(三藩之亂)을 평정하자 강희제(康熙帝)가 조서를 내려 그를 능지처참했다.

다리에 무슨 병이 있는 사람 같았는데, 사람들은 그의 다리 힘줄이 끊어진 줄 몰랐다.

하루는 관아 앞에서 연극 공연을 했는데, 홍애이랑이 아들과 며느리와 어린 손자를 데리고 구경하러 갔다. 구경꾼이 담장처럼 막고 있어서 비집고 들어갈 수 없었다. 홍애이랑이 손으로 그 담장을 쪼개니 그 손에 닿은 구경하던 사람은 죄다 너무 아파서 백여 명이 즉시에 좁은 골목을 내듯이 갈라지며 길을 내주어서 그들은 무대 근처로 가서 자리 잡고 앉아서 관람했다.

나는 그것을 보고 궁금증이 일었다. 그래서 홍애이랑의 내력을 알아보았더니 홍애이랑은 전에 엄청난 도적이었다. 그는 평지에서 훌쩍 뛰어올라 지붕 꼭대기를 넘을 수 있고, 지붕과 기와를 날듯이 밟고 지나가는데 찍소리도 내지 않았고, 아무리 높은 담장이든 깊은 저택이든 못 들어가는 곳이 없었다. 도적질한 장물은 늘 가난한 사람에게 나누어주었다. 이런 엄청난 도적 경력 열다섯 해 동안에 관아에서는 속수무책이었다가 마지막에 간신히 그를 붙잡았다.

원님이 물었다.

"어찌하여 홍애이랑이라 이름 붙였는고?"

그가 대답하여 말했다.

"'왼손은 푸추산* 소매 잡고 오른손으로 홍애 신선**의 어깨 두드리네'라는 시 구절이 있사옵니다. 사또께서 들어본 적이 없지 않으시겠지요?"

원님은 선뜻 그를 죽이지 못하고 말했다.

"네놈 스스로 잘못을 고치면 내가 너를 살려줄 수 있다."

홍애이랑이 말했다.

"거친 성미란 길들이기 어려우니 사또께서 소인 잘못을 고쳐주지 못할 것 같으면 발꿈치 힘줄을 잘라 소인을 더는 날지 못하게 하시옵소서."

원님이 그의 말에 따라 처벌한 뒤부터 홍애이랑은 얌전히 살고, 더 이상 나와서 날뛰지 않게 되었다.

○

◖ 감상: 홍애이랑이 자신에게 형벌을 내려줄 것을 청하는 시구는 진(晉)나라 곽박(郭璞, 276-324)의 『선유시(仙

---

* 푸추산(浮邱山): 푸추산(浮丘山)이라고도 하며 후난(湖南) 이양(益陽) 지역에 소재한다. 중국 도교(道敎)의 이름난 산이고, 후난 지역 도교의 발원지이다.

** 홍애(洪崖): 홍애(洪涯)라고도 하며, 전설 속 신선의 이름이다.

遊詩)』 14수 가운데 세 번째 시이다.

翡翠戲蘭苕	물총새 난초며 능소화 사이에서 노닐어
容色更相鮮	모습과 빛깔이 더욱 서로서로 또렷하네
綠蘿結高林	푸른 넝쿨 높은 숲에 얽히고설켜
蒙籠蓋一山	어렴풋이 온 산을 덮었네
中有冥寂士	그 가운데서 깊고 고요히 사는 이
靜嘯撫淸弦	나지막이 노래하며 맑은 거문고 타며
放情淩霄外	기분 내키는 대로 하늘 밖으로 올라
嚼蕊挹飛泉	꽃술 따먹고 폭포 물 받아 마시네
赤松臨上遊	적송자와 더불어 하늘로 놀러 가며
駕鴻乘紫煙	기러기 타고 보랏빛 구름으로 오를 적에
左挹浮丘袖	왼손은 푸추산 소매 잡고
右拍洪崖肩	오른손으로 홍애 신선의 어깨 두드리네
借問蜉蝣輩	하루살이 같은 이들에게 묻나니
寧知龜鶴年	거북과 학의 나이 어찌 알리요?

곽박의 시는 당시 은거하는 이의 경계를 환상적으로 묘사한 작품이다. 홍애이랑은 그 시구를 인용하여 자신의 거침 없는 성격과 힘을 드러내고, 사또에게 강제로 자신에게 벌을 내리게 한다. 홍애이랑은 의적이었고 장물을 가난한 사람들에게 나누어주었다. 하지만 아무리 선

의에서 나왔다고 하더라도 도적질이란 옳은 일이 아니다. ◗

洪崖二郎

洪崖二郎者，七十許老人也。余二十一歲館於郭姓，郭住王府基，即逆藩耿精忠舊第，燼於兵火，獨門前二石獅存。二郎居獅旁小屋中，行步踽旅如病足，不知其腳筋斷也。一日府前演劇，二郎率其子婦及稚孫臨觀，觀者如堵墻，二郎以手分劈，觀者觸其手皆奇痛，直劈百餘人爲小衕，近臺下坐。余乃大異，始究二郎生平，蓋巨盜也。能平地超逾屋頂，飛行無聲響，高垣邃宇匪不入，得贓恒以施貧者。積十五年吏無敢問，僅乃得之。官問胡以自名洪崖二郎，對曰：左挹浮邱袖，右拍洪崖肩，二詩，官乃未嘗誦耶。官赫然不忍置之死，則曰: 汝能改過者，吾不汝加誅。二郎曰：野性難馴，官不當責我改過，但絕: 跟後之筋，則吾不更能飛矣。官如其言，二郎自是安居，不復更出。

열두 번째 이야기

외과 의사 서안경

서안경(徐安卿)이란 사람은 젊은 시절에 병적부에 이름을 올렸는데, 마흔 살부터 직업을 바꾸어 외과 의사가 되어 저장(浙江) 취안장(泉漳) 일대를 돌아다녔다.

어느 날 밤에 서안경은 비를 만났다. 어떤 큰 연못을 지나니 그곳에 떵떵거리는 집안인 옹(翁)씨의 원림이 있었는데 이상스레 요기가 서린 듯 보였다. 그는 딱히 숙박할 곳이 없어서 그 집으로 갔다. 그 집 사람이 그를 숲속의 정자로 안내했다. 때는 무더운 여름이라 소나기가 걷히자 희미한 달이 구름 사이에서 나왔으나 정원 안의 경물이 썰렁하고 어두웠다. 시중을 드는 사람이 큰 그릇에 담긴 밥과 술과 고기를 내오니 그는 그것들을 돌 탁자 위에 벌려놓고 먹고 마셨다. 그런 뒤에 음산한 바람이 숲 끝에서 불어오는데 머리털이 쭈

뼛쭈뼛 곤두섰겠다. 달이 조금 밝아졌을 때, 여지 나무 그늘 아래쪽에 무엇인가 꾸물꾸물 움직이는 것이 눈에 보였다. 그는 어떤 검은 그림자를 본 김에 벌떡 일어나 돌다리 쪽으로 다가갔다. 가까이에서 보니 해골 한 개였다. 해골은 골격을 온전히 갖추었고 사람이 걸어가는 모습이며 중절모를 썼고 두 눈이 짙은 푸른빛인데 모자챙 아래서 빛을 내뿜었다. 해골이 서안경을 보고는 날듯이 앞쪽으로 달려들었으나 그가 놀라지 않고 침착하게 두 손으로 그 해골의 손목을 움켜쥐고 힘껏 그것을 꺾어 부러뜨려서 다리 아래쪽으로 내던졌다. 그러자 해골이 아이구, 아이구 소리를 냈다. 그가 다리 난간에 있던 바위를 밀어 떨어뜨려 해골을 찧으며 누르자 꼼짝도 하지 않게 됐다. 그는 돌 탁자로 돌아가 누워 잠이 들었다.

동틀 무렵에 그 집안사람들이 떼로 몰려 들어와 아직 잠들어 있는 서안경을 보고 밤에 무엇을 보았느냐며 앞다투어 물었다. 그가 불끈 부아가 치밀어 욕설을 내뱉으니 주인이 나와 사죄하며 해골을 묻은 뒤에 잔칫상을 차려 그를 대접했다.

주인에게 조카가 있었는데, 그 젊은이가 권술에 정통했다. 그는 속으로 서안경의 능력을 시샘하여 서안경에게 그 집에 머물러 줄 것을 고집했다. 하루는 두 사람이 탁자에 마주 앉아 술을 마시게 됐다. 서안경이 술잔을 들자 옹씨 조카가 손으로 서안경의 가슴팍을 냅다 찔렀다. 서안경이 세 손가락을 가지런히 모아서 그의 손목을 막으니 손목이 부러진 것 같았다. 그리하여 그가 서안경에게 예를 다하며 스승으로 모시고 그의 권술을 배웠다.

○

◖ 감상: 서안경은 소낙비를 만난 날 밤에 옹씨 장원으로 들어가 재워줄 것을 청하게 된다. 그 밤에 그가 맨손으로 해골을 제압한 사실을 안 옹씨 조카가 그의 능력을 시샘하여 공격하지만, 옹씨 조카는 그의 적수가 되지 못하고 그를 사부로 모시게 된다. 서안경은 무술의 고수로서 의술을 익힌 사람이니 인명의 소중함을 먼저 익히게 하고 권술을 전수했을 것이다. ◗

徐安卿

徐安卿者, 少入兵籍, 年四十始變業爲瘍醫, 遊行於泉漳間。一夜值雨，經洪塘，洪塘有故家翁氏園林，動見妖異。徐至無下榻處，家人納之林亭中。時暑雨初霽，微月出雲，園中景物凄黯。侍者出飯及酒並肉一盂，徐即石案上飲啖。然陰風動於林末，毛髮爲豎。少須月乃大明，見荔枝樹陰，有物徐動。已而見黑影，徐起立至石橋之次，近視則一骷髏，骨幹全具，作人行，戴氈帽，下其簷，二目深綠，自帽簷射光而出。見徐則飛行前撲，徐聲色弗動，出二手挽枯骨之腕，力拗而折之，擲之橋下，乃嗚嗚作聲，徐推橋闌之石壓之，始無動。歸臥於石案。遲明，家人群入，見徐尙寢，則爭叩夜來何見。徐大怒詈語狀，主人出而陳謝，瘞骨張宴款徐。主人有猶子，少年精拳勇，心嫉徐能，堅留徐主其家。一日對案而飲，徐方擧杯，翁氏子以手直揕徐胸。徐駢三指截其腕，腕如斷。遂盛禮徐，留師其技。

열세 번째 이야기

나무에서 떨어진 주 아저씨

나는 젊은 시절에 주(周) 아저씨의 명성을 들었는데, 아저씨는 뛰어난 무술로 일대에서 이름을 날렸다. 중승* 임 물촌** 어른이 일찍이 그를 스승으로 삼아 무술을 배웠다. 주 아저씨가 예전에 젖먹이 아들과 함께 잠을 잤다. 아내가 일어나서 돌아다니자 아들이 보채며 계속 울었다. 주 아저씨는 아들을 재우고 싶어서 손으로 아들을 살짝 다독거려주었건만, 아들이 소리를 내지 않았다. 하여 아들을 들여다보니 이미 죽어 있었다.

---

* 중승(中丞): 청(淸)나라 때 벼슬인 종2품(從二品) ‘순무(巡撫)’에 대한 존칭이다.

** 임홍년(林鴻年, 1804-1886): 자(字)는 물촌(勿邨)이고 허우관(侯官), 지금의 푸저우(福州) 사람이다. 1836년(道光 16)에 장원으로 급제했고, 청(淸)나라 시기에 푸젠(福建)의 하나뿐인 장원이었다.

아내가 그에게 악다구니를 썼다. 그로부터 그의 명성은 날로 흔들렸다.

벗 아무개가 늘 그를 찾아와 무술에 관해 묻곤 했는데, 주 아저씨는 때때로 동작과 허술한 틈을 타서 공격하거나 도약하는 기술을 알려주었다. 그러면 벗 아무개는 집으로 돌아가서 자기 아내에게 말해주었지만, 그 아내는 그렇게 대단하다고 생각하지 않았다. 벗 아무개는 곧이곧대로 주 아저씨에게 자기 아내는 주 아저씨가 무술을 잘하지 못한다고 여긴다 말했다. 주 아저씨가 깜짝 놀라 그 부인을 만나보길 청했다. 그 부인이 부엌에서 술과 요리를 마련해 주 아저씨를 대접하였지만, 사람을 시켜 말을 전하기를 그에게 마당에서 무술을 펼쳐 보일 것을 청했다. 자신은 부엌에 있어도 잘하는지 못하는지 알 수 있다는 것이었다. 주 아저씨가 웃으면서 간단히 무술을 선보였다. 그러자 그 부인이 사람을 시켜 이렇게 전했다.

"진정한 무술을 선보이지 않으셨으니 다시 한번 보여주시지요."

주 아저씨가 깜짝 놀라 이번에는 마당에서 자신의 진정한 무술을 펼쳐 보였고, 집의 기둥이 덜컹덜컹 소리를 냈다. 그 부인이 말했다.

"괜찮군요. 하지만 내 남편의 스승이 되기에는 역시 부족하옵니다."

주 아저씨가 슬며시 부아가 돋아서 부인이 나와 얼굴을 보일 것을 굳세게 청했다. 그 부인이 나왔는데, 여느 아낙네와 다름없이 나긋나긋 가냘프고 약해 보였다. 그리하여 두 사람이 서로 인사를 마치고 주 아저씨가 무술 대결을 청하였지만, 그 부인이 안 된다고 했다. 주 아저씨가 다시 청하자 그 부인이 할 수 없이 말했다.

"규칙을 좀 정하지요, 손으로 겨뤄서는 아니 되옵니다."

주 아저씨가 승낙하는 척하면서 잽싸게 공격해 들어갔는데, 그 부인이 얼핏 보이지 않고, 순간 뒤통수가 별나게 아프고 머리털이 난 언저리의 뼈가 살짝 패였으며 어지러운 나머지 그 자리에서 엎어져 버렸다. 그 부인이 웃으며 말했다.

"일대에서 이름난 사람이라 들었거늘 권술이 그 정도이시군요."

그러면서 약숟가락을 내와 약을 먹게 했다.

그 뒤로는 주 아저씨가 그 부인을 보았다 하면 슬슬 피하며 감히 뽐내지를 못했다.

○

◖ 감상: 원숭이도 나무에서 떨어질 때가 있다. 주 아저씨는 자기 아들을 재우려고 다독거렸는데 그만 그 힘이 너무 세서 아들이 죽고 말았다. 그런데도 주 아저씨는 여전히 무술을 뽐내다가 어떤 벗의 부인에게 섣불리 대결을 신청한다. 그 부인은 숨은 무술 고단자였다. 나만이 가장 완벽한 것이 아니며 항상 나보다 나은 사람이 있음을 살펴야 하겠다. ◗

周伯

余少時耳周伯名，以武技神一州，中丞林勿邨先生，曾從而師之。嘗與乳下兒同寢，妻起旋，兒啼，周以手微撫兒令寢，兒無聲，視之死矣。妻大詈恨，自是名益噪動。友人某恒造之問藝，伯時時語之以勢，及狙擊跳躍之能。然友人歸語其妻，恒弗善。友人遂白周伯，言吾妻不善先生技。周伯大駭，乃請面夫人。夫人方治具欵周伯，但傳語請先生試藝於庭，吾居廚次，自別善否。周伯笑，略爲試之。夫人傳語曰：未盡所長，請更試。周伯始駭，果悉其所長於庭中，屋柱爲之震震作聲。夫人曰：可矣，但未足爲吾夫師也。周伯微愠，堅請面夫人。夫人出，則輕盈瘦弱，一良家姝也。禮竟，周伯請較藝，夫人不可。固請，乃曰：略具形勢，勿交以手。周伯佯諾，猱進，瞥然不見夫人，乃覺腦後奇痛，髮際之骨已微陷，眩且僕。夫人笑曰：名聞一州者，藝乃如是。出刀圭藥令服。周伯自是見婦人，輒中懾不敢逞。

열네 번째 이야기

효렴 진이구

진(陳) 효렴*의 이름은 이구(貽駒)이고, 푸젠(福建) 타이위(臺嶼) 사람이다. 무술에 정통한 것은 물론이다. 그는 스스로 어려서부터 절에서 스님께 공부하였고, 낮에는 권술을 연마하고 밤에는 직접 단약(丹藥)을 제련했으며 열두 해 동안 단련하니 다섯 손가락을 단단한 물체 속으로 꽂을 수 있게 됐다고 말했다.

예전에 해상 운송을 담당하던 팔기 병사와 삼우재(三友齋)에서 메추라기 싸움을 하게 됐다. 메추라기는 식탐이 많은지라 한참 싸우다가도 좁쌀을 뿌려주면 싸움을 그만두고 모이를 먹기에 바쁘다. 진 효렴이 보기에 자기 메추라기가 질 것 같은지라 상대가 방심한 틈에 좁쌀을 던

* 효렴(孝廉): 63쪽 주 참조

져주었다. 팔기 병사가 자기 메추라기가 이겼다고 말하고 힘을 사용할 듯이 위협하며 진 효렴에게 패배를 인정하라고 했다. 진 효렴이 말했다.

"천만에."

그때 마침 벽에 나무판자 한 개가 걸려 있었는데, 한 치는 넉넉히 될 정도로 두꺼웠다. 진 효렴이 다섯 손가락을 모아서 그것에 구멍을 내며 말했다.

"나를 이기고 싶은 사람은 이걸 보시지."

팔기 병사가 그제야 슬금슬금 물러났다.

진 효렴은 예부(禮部) 과거시험에 응시하러 갔다. 40년 전에는 관용 수레며 배*가 없었기 때문에 육로로 걸어서 서울 순천부**로 가야 했다. 하루는 배를 타고 강을 건넜다. 배에 도적 떼 한 무리가 탔고, 강 한복판에서 배에 탄 사람을 약탈할 음모를 꾸몄다. 배에 탄 사람들이 그 사실을 알고 두려워 벌벌 떨었다. 진 효렴이 웃으며 말했다.

"저들을 놀라 자빠지게 할 방법이 있네." 청

그리고는 즉석에서 함께 배를 탄 어떤 노인을 스승으

---

* 공거(公車): 베이징(北京)으로 과거시험을 보러 가는 거인들에게 청(淸) 조정에서 제공한 관용 수레를 말한다.

** 순천부(順天府): 명(明)·청(淸) 시기에 도성 베이징(北京)에 설치한 행정 구역 단위이다.

로 모시고 당부하며 말했다.

"제가 권술을 쓰려고 하면, 노인장께서 저를 호되게 나무라십시오."

이슥고 밤이 되어 커다란 촛불을 배 한복판에 밝혀 놓고 진 효렴이 처음에는 검술을 선보이고 그런 다음에 권술 시범을 보이자 돛대가 휘휘 흔들렸다. 노인장이 쉬지 않고 꾸짖으면서 술 마실 궁리만 하고 배움을 포기하니 적수와 부딪쳐도 질 게 뻔하다고 말했다. 진 효렴은 짐짓 벌벌 떠는 척하면서 다섯 손가락으로 벽에 나무판자를 움켜쥐니 나무판자에 손가락이 쑥 들어갔다. 배에 탄 도적 떼가 깜짝 놀라고 두려워했다. 노인장은 계속 진 효렴을 나무랐고, 진 효렴이 급히 무릎을 꿇으며 용서를 구하니 그제야 노인장이 멈추었다. 그리하여 도적 떼는 자기들끼리 서로서로 경계하며 말했다.

"저 사람이 저 정도인데도 노인은 아직도 혼쭐내네. 저 노인을 건드렸다가는 가슴팍에 구멍이 뚫리겠어."

○

◖ 감상: 진이구는 메추라기 싸움을 할 때, 자신의 힘을 과시하여 억지로 승리했다. 하지만 과거시험을 보러 갈 적

에 도적 떼가 같은 배에 타서 배에 탄 사람을 약탈하려 한다는 정보를 듣고 기지를 발휘해 그들이 거사하지 못하게 막았다. 권술을 가진 사람은 자신의 힘을 내보이는 것만으로도 다른 사람에게 위협이 되기 때문에 굳이 권술을 실행에 옮기지 않아도 된다. 무술이란 방어용으로 쓰여야 하고, 고수들이 무술을 올바른 일에 사용할 때 무술이 빛나는 것이고, 또 그렇게 무술을 사용하도록 수양해야 함도 일깨워 준다. ◗

陳孝廉

陳孝廉名貽駒，閩之臺嶼人，精博無倫，自云少讀書僧寺，日習拳技，夜親丹鉛，於是十二年，能駢五指陷入堅物。嘗與旗丁鬪鶉於三友齋。鶉嗜食，恣鬪時，撒以粟，即罷鬪。陳鶉鬪且負，孝廉出不意竟投粟。旗丁言已鶉勝，將索采，勢盛且用武。孝廉曰：勿爾。時有木案在壁間，厚可盈寸。孝廉駢五指洞之曰：慾吾采者視此案。旗丁始懼。孝廉應禮部試，前四十年無公車船，陸行赴順天。一日趁舟過江，舟人盜也，謀殘之江中，同舟者知狀咸震。孝廉笑曰：是當愚之以術。遂立其同行老人爲師，囑曰：凡余所試技，爾但頓足醜詈。夜然巨燭舟中，孝廉初試劍，後乃試其拳技，桅築築動搖。老人詈不已，謂耽酒廢學，脫遇敵當敗。孝廉僞爲恐狀，則張五指掐墻木，木應指掐入數分。舟盜大懼，而老人仍詈孝廉不已，孝廉跪謝始起。於是舟盜相戒曰：彼人技如此，而老人仍肆詈，然則觸老人者洞胸矣。

열다섯 번째 이야기

물 위를 걷는 스님

스님은 산둥(山東) 사람인데, 언제 푸젠(福建) 땅에 들어왔는지는 모른다. 하루는 마을에서 지신제 연극을 공연했다. 구경하러 온 사람들이 길을 막고 들어찼으니 스님은 지나갈 수 없어서 빙 돌아서 자그마한 못 쪽으로 갔다. 스님은 평편한 땅을 걷듯이 가뿐가뿐한 걸음걸이로 물을 건너갔다. 마을 사람 가운데 이낙(李諾)이란 사람이 있었는데, 그것을 보고 깜짝 놀라서 옷을 걷어 올리고 못을 건너 스님을 줄곧 따라가서 어떤 허름한 절 앞에 이르렀다. 스님이 돌아보고 깜짝 놀라며 그에게 어떻게 왔느냐 물었다. 이낙이 땅바닥에 엎드려 절을 올리며 말했다.

"제가 권술을 좋아하오나 오랫동안 훌륭한 사부를 만나지 못했나이다. 마침 스님께서 땅을 걷듯이 물을 건너시는 것을 보았나이다. 소림 종파의 고수가 아니라면 이러한 무술을 지닐 수 없으리라 짐작하옵니다.”

스님이 한숨을 내쉬며 말했다.

“내가 무슨 무술이라고 하겠소? 게다가 외딴 절에 사는데. 내 그대에게 소승의 신세를 알려주리다.”

그리하여 손님을 들어오라 하기에 들어가 보니 꽃병과 찻잔이 조촐하게 놓여 있었다. 스님이 말하였다.

“내 형님은 달리는 말을 멈추게 할 수 있고 붕 떠서 날면 종적을 감출 수 있었소. 소승은 그의 막내아우이고, 소승의 무술은 형님에게서 배운 것이오. 솔직히 말하면 내 형님은 무지막지한 도적이었소. 하루는 우리가 산꼭대기에서 길에 오고 가는 길손들을 살피고 있었는데, 어떤 젊은이가 말 서른 마리를 몰며 가는 것을 보았소. 소승이 산자락에 내려가서 일을 벌이려 하니, 형님이 ‘저 젊은이가 다른 사람 없이 홀로 말 서른 마리를 부릴 수 있으면 대단한 사람이다. 너는 그를 상대할 수 없도다’ 하고 말하였소. 형님이 훌쩍 수리 새처럼 젊은이의 말 떼 앞으로 날아가서 내려앉았소. 먼지와 흙이 사방에 날리는 중에 소승은 붉은빛이 번쩍 빛나는 것만 보았는데 내 형님의 몸이 두 동강 났소. 나는 죽은 듯이 숨어서 어두워질 때까지 감히 산자락으로 내려가지 못했소. 젊은이가 떠난 뒤에 형님의 시신을 산자락에 묻고 머리를 깎은 뒤에 이곳저곳을 떠돌아다니게 되었소. 지금 그대가 나에게 무술을 배울 것을 청하나 무술을 내 형님처럼 단련해서 무엇을 하겠소? 더군다나 그에게 미치지도 못할 것이오."

이낙은 낙담하여 스님께 감사하고 물러갔다.

다음 날 이낙이 다시 가서 그 절 문을 두드렸으나 스님은 어디론가 떠나고 보이지 않았다.

○

◖ 감상: 물 위를 걷는 스님은 예전에 도적이었다. 형님이 어떤 젊은이에게 도전했다가 비명횡사한 뒤로 삭발하고 떠돌아다니게 됐다. 무술을 배워 바른길로 가지 않고 옳은 일에 쓰지 아니하면 무술을 배우지 않음만 못하다. 자신의 무술도 세상의 으뜸이 아니며 세상에 무술의 고수는 많고 많다. 그렇기에 제자도 받지 않은 것이다. ◗

浮水僧

僧山東人，不知其何時入閩。閩里社演劇，人集道亘，僧不得過，繞而向小湫。僧躡足履水如平地。鄉人有李諾者，目送之，則大駭，揭水而追，至一破寺前。僧回顧駭問何來。李膜拜於地，稱曰：弟子嗜拳技，久不得良師，適見師履水如履地，度非少林宗派，不復有此。僧歎曰：吾言技耶，且即荒庵，告居士以衲之身世。因肅客入，瓶花茗碗，位置精潔。僧曰：吾兄力能禦奔馬，飛行絕跡，衲其稚弟耳，藝皆受之吾兄，實不見諱，吾兄劇盜耳，一日憑山覘行客，見平原有少年驅馬三十匹，衲將下要之。兄曰：此少年獨行無侶，乃能驅馬三十匹，非常人也，非汝所制。兄瞥然如鶻，飛墜少年馬前，塵土飛處，衲見紅光一片，吾兄之軀中裂矣。遂瞑然若死，不敢下。少年去，始瘞尸於山次，削髮雲遊。今居士就吾叩所學，即藝儕吾兄，又胡爲者，矧乃不可即及。諾廢然謝僧歸，遲日更叩其扃，則虛無人矣。

열여섯 번째 이야기

칼잡이 황장명

푸젠(福建)의 굉장한 도적 황장명(黃長銘)은 날듯이 칼을 휘둘렀다.

어느 밤에 그는 차를 파는 상인 집으로 들어가 도적질을 했다. 벽에 걸린 자명종을 보고 당장 떠나지를 못하고, 그것을 집어 들고 지붕으로 올라갔다. 처마에 이르렀을 즈음에 자명종이 울었다. 소리가 매우 멀리 떨어져 있는 주인에게 들렸다. 자명종 소리가 어찌하여 처마 끝에서 나겠는가? 주인이 수상한 낌새를 알고 끄트머리에 작은 양날 칼이 달린 긴 창을 들고 도적을 쫓아갔다. 도적이 막 처마에 이르렀을 때, 긴 창도 황장명의 뒤꿈치 가까이에 다다랐다. 황장명이 후다닥 자명종으로 창을 막자 창이 손에서 떨어졌다. 황장명이 칼을 잡은 채로 처마 끝에 서서 주인과 맞섰다. 주인이 큰소리로 호통치는 사이에 황장명은 이미 자취를 감추었다.

황장명은 노름을 좋아하고 남의 일을 자기 일처럼 해주는 사람이다. 그래서 실의에 빠진 자들이 그의 주변으로 많이 모여들었다. 다만 음양오행이니 길흉화복 따위를 믿었다. 어느 밤에 일을 나가려고 칼을 갈다가 칼끝에 손가락을 베어 피가 났다. 황장명은 불길하다 여기고 칼을 두고 긴 채찍으로 바꿔 들고 나갔겠다. 그리하여 그날 밤으로 어떤 무과 효렴의 집으로 들어갔다. 효렴 형제 세 사람은 모두 힘센 장사로 이름이 났다. 황장명은 그들 재물에 군침을 흘리고, 자신의 무술로 그들과 겨뤄보고 싶은 마음도 품었던 터라.

세 효렴 가운데 막내아우가 가장 용맹했다. 황장명이 그 집에 들어갔을 때, 막내아우는 진작 알아채고 맨발로 일어나 황장명과 맞섰다. 그의 한 발이 붕 뜨더니 황장명의 등허리를 냅다 걷어찼다. 황장명은 문지방 밖으로 나가떨어져 펄썩 주저앉았고, 막내아우가 두 손목으로 황장명의 어깨를 누르니, 황장명은 어깨를 들지 못하고 긴 채찍을 휘둘러 막내아우의 엉덩이를 쳤는데, 아무리 채찍질을 해도 막내아우는 꼼짝도 하지 않았다. 지원병들이 이미 모여들어 황장명을 오랏줄로 꽁꽁 묶었다. 황장명이 웃으며 말했다.

"내 한평생 칼을 벗 삼아 부자들 집을 수없이 들락거렸으나 감히 나와 맞상대할 자가 없었거늘, 오늘 이리된 것이 하늘의 뜻은 아니겠지?!"

관아에서 황장명의 죄상을 낱낱이 심사하니 그에 관한 문서가 몇 자를 차고도 넘쳤다. 그리하여 나무 조롱에 황장명을 넣어 세운 채로 저잣거리에서 조리돌렸다. 황장명이 사람들에게 말했다.

"하룻밤만 더 지나면 내 벗들이 나를 구해주러 올 것이라네."

관아에서 이 말을 듣고 곤장을 때려 황장명을 죽였다.

○

◖감상: 황장명은 칼을 잘 쓰는 도적이다. 그는 남의 일에 발 벗고 나서서 도와주니 그의 주변에는 불평불만을 품고 실의에 빠진 선비와 무사들도 많았을 것이다. 그래서 그가 입방정을 떨지 말고 그를 구하러 올 벗들을 기다렸다면, 관아의 판결을 기다렸다면, 그는 감방에서 탈출했을 것이다. 그는 미신을 너무 믿은 나머지 칼을 두고 채찍을 들고 나갔다가 붙잡혀서 불쌍하게도 맞아 죽었다.◗

黃長銘

黃長銘，閩之巨盜也，運劍如飛。一夕入茶商家，胠篋而去。見壁上自鳴鐘不能遽捨，則亦挾之登屋。至簷際，鐘鳴。聲宏遠動主人，謂鐘聲胡在簷際，知有異，則取長鈹追盜。盜甫及簷，鈹已近長銘跟。長銘即以鐘抵其鈹，鈹應手落。長銘按劍立簷端與主人語，主人抗聲呼，咄嗟已失長銘所在。長銘喜博，而好周人之急。不逞之士，多歸之。顧信陰陽吉凶之理，一夕將出磨劍，劍鋒創其指見血。長銘以爲不利，則捨劍易長簡。夜入一武孝廉家，孝廉兄弟三人，均以武力得名。長銘既涎其資，亦以其武能故慾試之。三孝廉中季氏最勇，方長銘入時，季已覺，赤足起搏長銘，騰起一足，適蹴長銘腰膂。長銘坐於閾外，季即以兩腕按長銘肩，長銘肩不能起，反簡以擊季氏之股，累簡而季弗動。已而援集縛長銘。長銘笑曰：余生平仗劍抵富家無數，孰敢與余忤，今至此，寧非天乎。官核長銘罪狀牘幾盈尺，以木籠立長銘於市。長銘謂人曰：更一夕者，吾侶至，吾脫扃矣。官聞之，遂杖斃長銘。

열일곱 번째 이야기

도적 잡는 포졸 정칠

정칠(鄭七)은 산시(陝西) 사람인데 죄를 지어 장기 유배를 당해 푸젠(福建) 땅으로 들어왔다. 하지만 그는 도적을 잘 잡아서 관아의 말단 포졸로 발탁됐다. 정칠도 직업을 바꾸었으니 바른 일을 했고 게다가 마누라를 얻고 아들도 낳았다.

하루는 들판을 순찰하다가 어떤 잘생긴 젊은이를 보았다. 젊은이는 귀공자같이 꽃무늬 수가 놓인 비단 옷자락을 끌면서 고운 비단부채를 들었다. 그때 마침 길가에 어떤 노파가 장막을 치고 차를 파는 찻집이 있었다. 정칠은 뜻밖에 그 젊은이와 같은 자리에 앉게 되었다. 젊은이는 차를 마시며 노파에게 손 씻을 대야를 가져오게 했다. 그가 손톱을 씻는 중에 누런 흙 부스러기가 떨어졌고, 정칠은 바짝 의심이 들었다. 당시 고을에 굉장한 도적이 날뛰고 있었지만, 관아에서는 잡지 못했고, 게다가 정칠에게 도적을 잡아들일 것을 엄명한 터였다. 정칠도 조심조심 들판에서 습격한 도적의 행적을 돌아보는 중이었다. 그런데 지금 찻집에서 젊은이와 딱 마주쳤고, 그 행동이 수상한 김에 젊은이의 뒤를 밟았다.

젊은이의 발걸음은 바람이 날듯이 빨랐고, 진작 누군가 뒤를 밟는다는 것을 알아채고 뒤를 돌아보며 말했다.

"여보시오, 몸조심하시오. 더 따라오면 무사하지 못할 것이오. 나는 그대가 포졸이라서 나를 잡아가야 이로운 줄 알지만 나는 쉽게 잡히지도 않을 것이고, 다행히 돌아가면 밤에 틀림없이 보답할 것이외다."

그리하여 정칠은 섬뜩한 기분으로 돌아갔다. 밤에 빗장을 단단히 지르고 그 아내와 잠자리에서 젊은이의 일을 말하였다. 그때 난데없이 누군가 침상 앞에 꿇어앉아 감사하다며 말했다.

"다행히 오늘 어른이 은혜를 베풀어 나를 용서해주었으니 내가 그 덕을 아니 잊을 것이외다."

정칠은 버럭 소리를 지르며 일어나서 등잔불을 켜고 사방을 수색하였으나 문짝에는 여전히 빗장이 질러져 있었고, 도적이 그야말로 어디로 들어온 것인지 알 수 없었다. 정칠은 꾀가 있고 약삭빠르기로 남에게 뒤지지 않는 사람이다. 정칠이 그 아내에게 일어나 다른 물건으로 그 침상을 받쳐서 좀 높이도록 한 다음에 등잔불을 끄고 자리에 다시 누웠다. 그러자 곧 침상 가장자리에서 수상한 소리가 들렸고, 비수 같은 것이 꽂히면서 침상 다리가 흔들렸다. 정칠이 또 소리를 버럭 지르며 후다닥 일어나 등잔불을 켰다. 과연 서리처럼 새하얗고 날카로운 비수 한 자루가 침상 가장자리에 한 치나 박혀 있었다. 아내가 벌벌 떨며 말했다.

"당신은 어떻게 도적이 찌를 것을 알고 침상을 높이셨어요?"

정칠이 말했다.

"그건 뻔한 거요. 아까 감사하려고 꿇어앉은 것이 아니오. 내 침상의 높이를 재려는 것이었소. 칼로 찌를 때 실수하지 않으려고 말이오. 지금 내가 침상을 높여 놓아서 도적이 저 가장자리를 찌른 것이오. 하지만 또 오겠지. 다시 오는 자는 반드시 다른 것으로 나를 위협할 것이오."

오경(五更)이 다 될 무렵에 과연 작은 탁자 위에 무슨 물건들을 놓아두고 이렇게 쓴 쪽지가 있었다.

'어떤 것을 가지겠소?'

날이 밝은 뒤에 보니 작은 탁자 위에 백금 일백 냥과 새하얀 칼 한 자루가 놓여 있었다. 정칠이 아내에게 물었다.

"당신은 어느 것을 갖겠소?"

아내가 말했다.

"금이지요."

정칠이 말했다.

"그러면 위험해지오. 금을 갖고 칼을 버리면 돈만 알고 칼을 겁내지 않는 마음을 내보이는 것이오. 그러면 더욱 잔인하게 보복하겠지. 당장 금을 내주고 칼을 감춰두어야 하오. 방문에 대한 답례로 쪽지를 기와 위에 놓아두면 무사할지 모르겠소."

다음 날에 금은 과연 감쪽같이 사라졌고, 역시 정칠의 글에 답하는 쪽지가 있었고, '신구* 이천복(神駒李天馥)'이라고 적혀 있었다.

○

◖ 감상: 정칠은 도적질해 본 사람이기 때문에, 도적의 생리와 수법을 잘 안다. 그리고 상대의 무술 수준에 대해서

---

* 신구(神駒): 신령한 망아지란 뜻으로 천리마, 준마, 명마를 가리킨다.

도 아는 사람이다. 그는 굉장한 도적을 만났으나 자신이 적수가 못됨을 알기에 기지를 발휘하고 침착하게 행동하며 선불리 그를 잡겠다고 나서지 않은 것이다. ◗

鄭七

鄭七者，陝西人，以罪長流入閩中。然雅善捕盜，官中卽署籍爲吏，鄭亦改行爲善，娶婦生子矣。一日野適，見一美少年，曳輕綃之衣，執紈扇，狀若貴公子。時野次有亭，嫗張幔賣茶，鄭七竟與少年同坐。少年啜茗，命嫗取盥器滌其手。然指甲中時落黃土之屑，鄭始大疑。時城中被巨盜，官不得盜，且嚴符勒鄭七，鄭懼，故野行襲盜跡。今亭上遇少年，異其迹，則尾逐之行。少年之行飄瞥如風，已覺有人尾其後，則回顧曰：足下珍重，更前且無幸，吾知汝食於縣官，故以得我爲利，然吾不易得也，幸歸，夜中固有所報。鄭竦然反，夜嚴扃其戶，與妻臥語少年事，忽聞有人跽床前謝曰：幸先生惠愛赦我，然我不忘德。鄭大呼而起，以火四索，戶扃如故，不知盜之所從入。然鄭慧黠無倫，趣其妻起，以物承其榻，令稍高，復吹燈臥。未移時而床沿有異聲，似匕首插入，床柱震震然。鄭復大號，奮起燭之，果一匕首銛利如霜，陷入床沿可徑寸。妻大悚曰：汝胡知盜之行刺，而故高其床寢。鄭曰：易辨耳，前此之長跽，非謝也，蓋跽按吾榻之尺寸，而剸刃焉，冀勿誤中，今吾榻高，盜但中其沿，然且更來，更來者必有物以懾我。五更向盡，果有物寘於几上曰：善視之。遲明見几上白金百兩，白刃一。鄭謂妻曰：汝何取。妻曰：取金。鄭曰：殆矣，得金而捨刃，謂心知有金，不怖刃也，爲仇且更劇，今當捨金藏刃，敬以名紙寘瓦上報禮，或無事。明日金果失，亦以名紙報鄭上書，神駒李天馥也。

열여덟 번째 이야기

배불뚝이 곽련원

곽련원(郭聯元)은 키가 일곱 척이나 되고 누런 머리털이며 닷 섬짜리 박만 한 배불뚝이인데, 길을 나서면 반드시 커다란 부채를 들고 다녔다. 행여 한밤중에 그를 보면 누구나 억울하게 죽은 귀신이라고 여겼다. 본업이 칠하는 것이라 그림을 잘 그렸고, 붓대가 거침없고 독특해서 그 옛날 영표 황신* 같았다. 게다가 창이며 검이며 칼이며 방패며 못 다루는 것이 없다. 배가 남산만 하니 늘 바지가 흘러내려서 바지를 길게 지어서 가슴팍까지 끌어올리고 쇠고리로 그것을 붙들어 맸다.

---

* 황신(黃愼, 1687-1770): 청(淸)나라 중기에 활동했던 '양주팔괴(揚州八怪)'의 한 사람으로 자(字)는 공무(恭懋), 공수(恭壽), 궁무(躬懋)이고, 호(號)는 영표산인(癭瓢山人)이며, 자칭 영표자(癭瓢子)라 하였다. 푸젠(福建) 닝화(寧化) 사람이다.

그 시절에 소(蘇) 아무개라는 사람도 있었다. 타이항산(太行山) 왼쪽에 자리한 산둥(山東) 사람인데, 곽련원의 이름을 듣고 편지글로 겨뤄볼 것을 청했다. 그때 소 아무개의 무술이 일세를 풍미했던 터라 편지글이 이르자 식구들이 너무 두려워한 나머지 곽련원에게 그와 대결하지 말도록 힘껏 권하였으나 곽련원이 듣지 않았다.

그리하여 곽련원 자신은 커다란 침상 건너편에 앉아서 소 아무개에게 들어와 얼굴을 보라 하고는 빙그레 웃으며 소 아무개에게 말했다.

"그대가 먼 길을 오셨으나 내가 주인으로서 먼저 손님을 대할 엄두를 못 내겠소. 손님은 대단한 양반이니 마음대로 내 뱃가죽을 쳐보시기 바라오. 손님의 주먹을 맞으면 손님은 권술로 자처할 수 있고 나는 손님에게 두 손 들겠소."

소 아무개도 그의 무례함을 껄껄 웃어넘겼다. 그리하여 곽련원이 그 남산만 한 배 위에 동여맨 바지 끈을 풀어 배꼽 아래까지 내리고 뱃가죽을 두드려 소 아무개의 주먹을 맞을 준비를 했다. 소 아무개가 조금 멀리 떨어져서 주먹을 쥐고 사기를 올려 그 배꼽을 칠 자세를 취했겠다. 주먹이 들어오자 곽련원의 배가 난데없이 홀쭉해졌고, 소 아무개의 주먹은 곽련원의 뱃가죽으로 깊숙이 박혀서 빠지지 않고 손목이 엄청나게 아팠다. 곽련원도 기운을 모으며 말을 하지 않았다. 조금 뒤에 힘으로 소 아무개의 주먹을 밀어낼 듯이 배를 부풀리자 소 아무개는 이미 저만치 떨어진 곳에 벌러덩 나자빠졌고, 비로소 곽련원의 무술에 항복했다.

하지만 곽련원은 행실이 좋지 못했다. 그 시절에 저장(浙江) 서쪽 지역 출신의 호(胡) 아무개가 세상 으뜸 부자로 떵떵거렸는데, 툭하면 아리따운 청상과부를 겁탈했다. 그가 나간 틈만 보이면 곽련원이 때로 흉기를 갖고 그런 아리따운 청상과부를 위협해 겁탈했다.

얼마 되지 아니하여 곽련원은 병이 들었는데 배가 별나게 아팠다. 그래서 그의 일꾼에게 나무막대에 돌을 묶어서 그 배를 때리게 했고, 그래야만 아픔이 조금 가라앉았다. 그 광경을 본 사람들은 모두 놀라 자빠질 지경이었는데, 곽련원도 그 때문에 죽었다.

○

◖ 감상: 곽련원의 배는 그의 필살기가 들어 있어서 남산만큼 컸다. 하지만 행실이 바르지 못하니 결국은 그 커다란 배로 인해 세상을 뜬 것이 아닐까? 무술을 아무리 잘하면 무엇하랴? 바른 일에 써야 무술의 가치가 빛나는 것

이고, 마음으로부터 진정한 고수라 인정해줄 수 있다. ◗

郭聯元

郭聯元, 高七尺, 黃髮, 腹大如五石匏, 行必執巨扇。夜中見之, 恒以爲厲鬼。本業圬, 能畫, 畫筆悍厲突怒, 類瘿瓠。然矛劍刀盾之技, 匪所不精。腹旣碩, 時時落其褌, 則製長褌及乳際, 以鐵環束之。同時有蘇某, 山左人, 耳郭名, 以書求試。時蘇之武技震一時, 書至, 家人大恐, 力諫郭莫與較, 郭不可。自距廣榻, 召蘇入面, 對蘇哂曰：足下遠來, 吾固不敢以主先客, 客有能者, 吾請丞此腹皮, 受客之拳, 客能自出其拳者, 吾服客矣。蘇亦大笑其妄。於是郭褫其腹上之褌, 及於臍下, 鼓腹納蘇拳。蘇趨少遠, 作勢挺拳趣其臍眼, 作氣拳之。拳入, 郭腹忽縮, 蘇拳深陷郭腹不得出, 則腕奇痛。郭亦蓄氣不言, 少須腹張, 若力推蘇拳而出, 而蘇已仰退尺有咫, 始服郭能。顧郭無行。時浙西胡某, 以貲傾天下, 好掠取豔孀, 每出, 郭往往以械取孀者。尋病歸, 腹奇痛, 令其徒縛石於桿, 敲其腹, 痛乃少已, 見者咸奇駭, 郭亦以是死。

열아홉 번째 이야기

난 도적 이매

이매(李楳)는 링난 사람이다. 그는 스스로 종이쪽지에 '이 아무개, 용감함과 무술로 일세의 으뜸'이라 적었다. 그의 수하 유문(劉汶)은 오른팔인 셈이다. 그는 길이 넉 자 넘는 긴 칼 두 자루를 찼는데, 날리는 눈발처럼 그것을 휘두르면 수십 사람이 근처도 가지 못했으니, 샹산(香山) 판위(番禺)의 여러 현에서 주름잡으며 하루도 공치지 않고 약탈했다.

배를 물가의 돌층계에 댈 즈음이면, 휘영청 밝은 달빛 아래서 이매가 거룻배를 몰고 다가와 종이쪽지를 내던진다. 그 사람이 얼마나 너그러운가 구두쇠인가에 따라 돈을 빌릴 시각을 정해준다. 그것을 거절하면 한밤중에 바로 그 머리통을 어디 두었는지 잊어버리게 된다.

이(李)씨 성을 가진 무관이 있었는데, 용감하고 씩씩한 젊은이였다. 이 무관은 이매를 붙잡아 처벌하는 일이 쉽지 않은지라 먼저 그의 날개를 잘라버릴 방법을 궁리했다. 그리하여 가슴에 작은 창을 품고 호시탐탐 유문의 허를 노렸다.

어느 밤에 비좁은 골목에 있는 유문과 딱 맞닥뜨렸다. 이 무관이 손을 내밀어 머리통 위로 올렸다. 손을 내밀어 머리통 위로 올리는 것은 이곳 관아에서 포졸이 도적을 잡을 때, 도적에게 즉시 엎드려서 순순히 오랏줄을 받으라는 명령이다. 유문이 이 무관을 대수롭지 않게 여기며 말했다.

"네놈이 어디 감히?"

유문이 말을 뱉자마자 등에 멘 칼을 뽑으려나 칼이 길고 골목은 비좁아 제때 뽑을 수 없었다. 이 무관의 작은 창은 이미 그의 가슴팍에 구멍을 냈고, 유문은 그 자리에서 엎어졌다.

이매가 그 소식을 듣자마자 깜짝 놀랐고, 그로부터 강물 위에서 홀로 약탈하러 다녔다.

광둥(廣東) 주하이(珠海) 첸산(前山) 지역에 유(劉)씨 성을 가진 대가족이 있었다. 그들은 모두 무술을 잘했다. 그 지역은 마카오와 가깝다. 이매는 약탈을 할 때마다 툭하면 마카오로 가서 숨었다. 첸산의 유씨 사람들이 바다에 거룻배를 빈틈없이 배치하고 이매의 출몰을 정탐했다.

어느 밤에 작은 섬들 사이에 위험이 도사리고 있었다. 이매의 가뿐한 몸이 잠자리처럼 물을 건너왔다. 유씨 자제들은 모두 창을 잘 다루고 명중시킬 수 있다. 이매는 창 세 개를 맞고 죽었다. 그 시신을 건져 올리니 여전히 뛰어난 기상을 간직한 채로 사람을 쏘아보듯 눈에서 빛을 내뿜었다.

○

◖ 감상: 이매가 뛰어난 도적이기는 하나, 자신의 무술과 재능을 바른길로 가는 데 쓰지 못하였으니 말로가 비참했다. 자신의 오른팔이 죽임을 당했을 때라도 도적질을 멈추었더라면 전설적인 인물로 남았을 것이다. 힘은 꾀를 이기지 못함이 진리이니 이 무관은 유문의 검술에는 상대가 되지 못했을지라도 유문의 허점을 알아냈고 기회를 노렸기 때문에 유문을 제압할 수 있었다. ◗

李楳

李楳，嶺南人，其名紙則自題曰：李某，勇力武技冠一時。其徒劉汶，稱曰先鋒。佩二劍長四尺許，運轉如飛雪，數十人莫近，作橫於香山番禺諸縣，劫掠無虛日。估船聚石步，月明中，李楳駕小舟，投名紙。訂時刻假金，隨其人之豐嗇索之，拒之，夜中輒忘其顱。有武弁李姓，勇健少年也。策誅楳非易，法嘗先翦其翼。乃懷小鎗，偵劉汶。一夕遇汶於狹巷中，弁引手出頂上。引手出頂上者，此官中人捕盜，令盜跧伏者也。汶素輕弁曰：汝何敢也。立負劍，劍長巷偪，不能即出，李鎗已洞其胸，劉僕。李梅聞耗始震，然猶行剽於江上。前山劉姓族大，咸能武。地邇澳門，李楳每行劫，輒隱澳門。前山之劉，乃密布小舟海上，偵李出沒。一夕阨之小渚間，李輕身履水而行，如蜻蜓。劉姓子弟咸能鎗，多命中。李被三鎗始殊。起其尸，英氣勃勃，目作精光射人也。

스무 번째 이야기

객사에서 만난 노인

주신중(周辛仲)은 자(字)가 광문(廣文)이고 호(號)는 장경(長庚)이다. 그의 아버지 주소곡(周少谷) 어른이 산둥(山東) 가오미(高密)에서 현령으로 벼슬할 적에, 사람들은 주 어른을 '삼려대부'*라고 불렀다. 주 어른이 고을을 돌며 살펴볼 적에 늘 아전 한 명과 하인 한 명을 거느리고, 당나귀 세 마리를 끌고 나갔다. 당나귀 안장 위에 나무판자를 얹어놓고, 나무판자 위에 붓과 먹을 마련해두었으며, 아전이 공문서를 품에 안고 앞쪽에서 걸어갔다. 소송하려는 백성을 만나면 당나귀 앞으로 불러 까닭을 진술하게 했다. 주 어른이 원고에게 피고를 데려오게 했

---

* 삼려대부(三閭大夫): 전국시기(戰國時期)의 벼슬로 종묘 제사를 주관하고 굴(屈), 경(景), 소(昭) 등 세 왕족 자손의 교육을 담당했다. 굴원(屈原)도 삼려대부였다.

고, 그 자리에서 그들에게 옳고 그름을 판정해주었다. 당나귀 안장 위에서 사건을 해결하는 셈이었다. '려(閭)'자가 당나귀 '려(驢)'자와 발음이 같아서 삼려대부라 불리게 된 것이다.

주신중이 열아홉에 향시*에 급제하여 아버지를 찾아뵈러 가오미로 갔다. 그는 하인을 데려가지 않고 늘 혼자 수레를 몰아 길을 떠났다. 어느 날 객사에서 어떤 사람이 도적이 사람을 죽였다고 말했다. 길손들이 그로 인해 서로서로 경계하니, 주신중도 매우 불안했다. 이때 그는 같은 객사에 묵는 어떤 노인과 젊은이가 한 탁자에서 밥을 먹는 모습을 보았다. 그 젊은이의 표정에 어린 뛰어난 기상이 사람을 압도했고, 노인은 긴 눈썹을 드리우고 등이 구부정했다. 주신중이 다가가서 그들에게 함께 길을 갈 것을 청했는데, 노인은 동의한 듯했으나 말하지 아니하고 젊은이가 오히려 거절하지 않고 흔쾌히 대답했다.

이튿날 주신중과 그들이 함께 수레를 타고 출발했다. 날이 희미하게 밝을 무렵에 모래톱 쪽에서 사람 그림자 몇 개가 조용히 다가오고 있었다. 수레꾼이 주신중에게

---

* 향시(鄕試): 중국의 옛날 과거시험의 하나이다. 명(明)·청(淸) 시기에는 3년에 한 차례 실시했다.

말했다.

"도적이요!"

주신중이 황급히 노인에게 알렸다. 노인은 조금도 동요하지 않았고, 젊은이가 벌떡 일어서며 경계태세를 갖추었다. 주신중의 말이 끝나자마자 난데없이 흙먼지가 하늘로 날리면서 말을 탄 일곱 사내가 다가왔고, 말 위에서 서리 같이 빛나는 쇠칼을 휘둘렀다. 그 젊은이가 즉시 수레를 내려가서 말했다.

"당신들 일곱 사람이 커다란 말을 탄 채로 땅에 서 있는 나 한 사람과 맞서다니 용사가 아니로다. 말에서 내려 나와 땅에서 겨루시오. 그래야 사내대장부라 할 것이오."

말을 탄 일곱 사내 가운데서 털보 사내가 말했다.

"왜 아니 되겠는가?"

말을 마치자마자 말에서 훌쩍 뛰어 내려갔다. 젊은이가 버들잎같이 생긴 칼을 뽑아서 공중으로 훌쩍 뛰어 올라갔다가 내려오는 사이에, 털보 사내의 귀가 이미 떨어져 나갔다. 그 말 탄 여섯 사람이 큰소리로 외치면서 잇달아 칼을 뽑아 젊은이에게로 돌진했다. 노인이 수레 위에서 난데없이 활시위를 당겨 화살을 쏘았다. 즉시 한 사람이 비명을 지르며 땅에 나뒹굴었고, 또 다른 한 사람도 화살을 맞아 땅바닥에 거꾸러졌다. 나머지 네 사내는 죄다 달아나 버렸다. 노인이 주신중에게 말했다.

"우리가 가는 길에 운수가 매우 사납습니다. 도령이 우리와 함께 가다 말려들지 않을까 걱정이니 다른 무리 사람과 같이 가는 것만 못하지요. 도적들이 도령 같은 선비를 보면 해치지는 않을 것이오."

주신중이 깜짝 놀라며 뭐라 대답하지 못하고 머뭇거리는 사이에 노인은 젊은이를 말에 태우고 바람처럼 달려가서 멀어졌다.

○

◖ 감상: 임서의 『외려문집(畏廬文集)』에 「주신중 어른의 글에 답함(告周辛仲先生文)」이란 글이 수록되어 있으나 주신중의 생존 연대를 알 수 없다. 소설은 주신중이 열아홉 살에 아버지 주소곡을 뵈러 산둥 가오미현으로 가는 도중에 겪은 실화를 바탕으로 지었다. 그의 아버지 주소곡이 당시 보기 드문 청백리였던 것으로 보인다. ◗

逆旅老人

周辛仲廣文長庚，尊人少谷先生，宦山東高密縣，所謂三閭大夫者也。先生行縣，挾一吏、一僕，控三驢。驢鞍置板，能位置筆墨，吏抱牘前行。民之訟者，即驢前伸理。先生命訟者招其所被訟之人至，爲定曲直。就鞍上了之，故有是稱，以閭與驢聲通也。辛仲十九領鄉薦，省先生於高密，不挈禦僕，恒單車。逆旅中有人言盜殺人，行客因之相戒，辛仲亦悚然。時見同舍中有老人，與少年同飯，少年眉宇英特，老人長眉而傴僂。辛仲進請同行，老人似可，然未之答，少年則慨諾無拒。遲明詣車同發。曉色初起，沙磧之上，有人影蠕蠕然聯綴而行。輿夫語辛仲曰：盜也。辛仲馳告老人，老人夷然無動，而少年已起戒備。語未竟，塵土漲天，七騎同來，橫刀馬上作霜氣。少年立下言曰：七騎敵一步非勇，能下馬與我地鬪者，始男子。騎中一髯丈夫曰：此奚不可。遂下。少年出刀如柳葉，上下騰踔，髯丈夫已失其耳。六騎大呼，出刃劃少年。老人忽即車發矢，殪其一騎，一騎更上，復殪，乃皆奔逸。老人謂辛仲曰：吾此去殊險，郎君與我同行，且相累，不如別從廣隊行，盜或以郎君文士而免之。辛仲大駭不能答，老人竟挾少年馳去。

스물한 번째 이야기

칭장 사람 상

상(象)은 창허(漳河) 상류 칭장(淸漳) 사람인데, 성을 모른다. 나는 그 사람의 이름이 상이라는 것만 안다. 그는 해골처럼 여위고 비쩍 마른 데다가 나서서 말을 할 때면 징징 우는 소리를 냈다. 그럴 때 그의 눈썹 언저리를 보면 줄초상을 당한 사람 같다. 그렇지만 무술은 어느 누구도 따라가지 못한다.

도광과 함풍 연간*에 태평천국**의 불길이 바야흐로 타

* 도광(道光)은 청(淸)나라 선종(宣宗) 애신각라 민녕(愛新覺羅·旻寧, 1782-1850)의 연호이고 1821년 2월 3일에서 1850년 2월 25일까지 사용했다. 함풍(咸豐)은 문종(文宗) 애신각라 혁저(愛新覺羅·奕詝, 1831-1861)의 1851년 2월 1일에서 1861년 8월 22일까지와 목종(穆宗) 애신각라 재순(愛新覺羅·載淳, 1856-1875)이 즉위한 1861년 11월 11일에서 1862년 1월 29일까지 사용한 연호이다.

** 자구(赭寇): '태평천국(太平天國, 1851-1864)'을 당시에 지칭한 말이다.

오를 적에 민장* 하류 일대에는 도적 떼들이 끊이지 않고 출몰했다. 그래서 푸젠(福建)으로 오는 길손들은 대부분 신변 안전을 위해 상을 데리고 다녔다. 오자목(吳自牧)이란 사람도 용맹한 무사이다. 그는 쇠 채찍을 잘 휘둘러서 상대하는 사람마다 무서워서 뒷걸음치기 일쑤였다.

자오안(昭安)의 부자 이(李) 아무개가 길을 나설 때는 반드시 이 두 무사를 데려갔다. 하루는 멘팅산(綿亭山)을 지나다가 스무 명이나 되는 도적 떼와 맞닥뜨렸겠다. 오자목이 나서 그들과 싸우다 대패하고 말았다. 도적들이 앞다투어 상이 탄 수레 앞으로 몰려들었을 때, 이 어른은 진작 길가에 꽁꽁 묶여서 큰소리로 상을 부르며 수레에서 냉큼 나와 몸값을 주고 자신을 얼른 풀어달라고 소리치고 있었다. 상이 우는 소리로 도적에게 말했다.

"나는 상이다."

도적이 껄껄 웃으며 말했다.

"사자면 어떤가? 하필이면 죽어가는 코끼리인가?"

이에 상이 부아가 치밀어 말했다.

"그대들은 정말 내가 상이라는 걸 모르는가?"

그렇지만 상이 징징 우는 소리를 계속 해대니 도적은

---

* 민장(閩江): 푸젠(福建)에서 동쪽 바다로 흘러가는 최대 강물이다.

더욱 껄껄 웃었다. 상은 그 도적이 방심한 틈에 몸을 일으켜 도적 두 명을 산자락으로 내던져서 죽이고, 또 다른 도적 한 명을 손에 붙잡은 채로 나머지 도적 떼를 휘둘러 보았다. 도적들이 죄다 설설 기며 우르르 달아났다. 오자목의 쇠 채찍도 상의 승세를 타고 도적 두 명을 죽였다. 이 어른은 마침내 무사히 구출됐다. 그리하여 상의 이름은 푸젠 장취안(漳泉) 일대를 들썩이며 날렸다.

○

◖ 감상: 상은 비쩍 마르고 볼품없으며 우는 소리를 내서 남들에게 별 볼일 없이 보이지만, 내공은 타의 추종을 불허하는 무사이다. 사람은 절대 외모만 보고 판단해서는 안 된다. 남보다 꾀가 많고 힘이 세다고 여기는 사람에게는 고질병 한 가지가 있기 마련이니, 지나치게 자만하지 않으면 남을 업신여기는 자신의 약점을 모른다. ◗

象

象淸漳人，逸其姓，余但知其人名象也。尫瘦如枯臘，出言恒作哭聲，即其眉宇觀之，亦似蒙重喪，然武技絕精。道咸間，赭寇之氛方熾，閩之下遊，群盜出沒無恒。而估客蒞閩者，多挾象自隨。有吳自牧者亦勇士，運鐵鞭，當者多辟易。昭安富翁李某出時，必挾此二士。一日旅行過綿亭山，遇盜二十人，吳出與鬪大敗。盜爭集象輿前，時李翁已縛道周，大聲呼象，出輿中金自贖。象作哭聲語盜曰：我象也。盜大笑曰：即獅何爲，矧爲垂死之象。象始怒曰：諸君果不知我爲象耶。然終挾哭聲，盜益笑。象乘盜不意，出，力擲二盜於山下死，更擒一盜，橫掃群盜。盜皆僕，則群逃。吳鐵鞭亦乘象之勝，死二盜，李翁卒得全。於是象名乃大暴於漳泉間。

스물두 번째 이야기

섭 셋째 큰할아버지

섭(葉) 셋째 큰할아버지는 나의 스승 섭 순여* 어른의 막내 작은아버지이시다. 할아버지는 손가락으로 처마 끄트머리를 잡고 공중에 붕붕 떠서 처마 가장자리를 따라 오락가락할 수 있다. 내가 말했다.

"이런 기술은 허정국**을 뛰어넘을걸요."

---

* 섭대작(葉大焯, 1840-1900): 자(字)는 적공(迪恭)이고 호(號)는 순여(恂予)이다. 푸젠(福建) 민현(閩縣) 사람이며 섭관국(葉觀國, 1720-1792)의 현손자이다. 청(淸)나라 1870년(同治 7)에 진사(進士)에 급제했다. 저작 『보졸재문초(補拙齋文鈔)』, 『보졸재장서목(補拙齋藏書目)』 1권, 『섭대작 수고(葉大焯手稿)』 4책(冊) 등을 남겼다.

** 허정국(許定國, ?-1646): 허난(河南) 타이캉(太康) 사람이고, 명(明)나라가 멸망한 뒤에 강남에서 복왕(福王) 주유숭(朱由崧, 1607-1646)이 세운 남명(南明)의 흥평백(興平伯, 주유숭이 내린 봉호) 고걸(高傑, ?-1645)을 유인 살해한 뒤에 청(淸)나라에 투항했다.

하루는 난간에 누워 있다가 난간이 부러져서 할아버지가 땅바닥으로 떨어졌다. 늙은 하녀가 호들갑을 떨었지만, 할아버지는 진작 땅에 똑바로 서서 할멈에게 말했다.

"할멈, 떠들지 말게. 자네 주인 놀라네."

할아버지는 나에게 예전 이야기를 잘 해주었다.

"젊은 시절에 술을 마시고 칠 가게의 껄렁껄렁한 젊은이와 싸웠는데, 젊은이가 그 패거리 서른 몇 명을 끌고 와서 나랑 싸웠지. 내가 술김에 한 녀석 한 녀석 쓰러뜨렸지. 어떤 우람한 녀석이 발로 내 배를 걷어찬 거야, 내가 미처 손으로 막지를 못해 내 배로 그 발을 막았더니 그 우람한 녀석은 거의 한 장 너머 밖으로 나가동그라졌더라고. 백정 스물 몇 명이 칠 가게 젊은이 친구들인데 나와 싸우겠다고 몰려왔지. 내가 힘껏 울짱 문짝으로 막았더니 스무 명이 힘을 합쳐도 들어오지 못했어. 내 지원병도 벌써 도착해서 일이 해결되었는데, 지금 생각하면 그게 너무 아쉽네."

섭대령(葉大令)은 자(字)가 평공(平恭)이고 할아버지의 조카인데, 예전에 나에게 할아버지의 일화를 말해주었다.

어떤 스님이 철불전*에서 수행하는데, 그곳에는 옛날에 미장이들이 많이 살았다. 미장이 가운데 젊은이는 서른 몇 명이 있었다. 승려가 뜬금없이 그들에게 말했다.

"소승이 지금 얼굴을 부처께 향하고 등은 그대들에게 향하겠으니, 그대들이 커다란 밧줄을 내 허리에 묶게. 서른 사람이 힘껏 내 허리에 묶은 밧줄을 잡아당겨서 쓰러뜨릴 수 있으면 소승이 저 꽃병과 바리를 다 팔아서라도 공양을 마련해 그대들에게 한턱내겠네."

모든 미장이가 왁자지껄하며 스님의 말처럼 해보았지만, 스님은 아예 꼼짝도 하지 않았다. 할아버지가 무술에 정통한 것을 알고 있던 어떤 미장이가 할아버지에게 달려와서 말했다. 할아버지가 말했다.

"내일 내가 다시 시험해 보겠네."

약속한 대로 할아버지가 이르러 손으로 스님의 등을 누르자 스님의 몸이 움츠러들었고, 밧줄이 당겨져서 스님은 한 자 정도 움직였다. 스님이 놀라면서 할아버지를 돌아보며 말했다.

---

* 철불전(鐵佛殿): 푸저우(福州) 개원사(開元寺)의 높이 5.3미터에 이르는 쇠 부처를 모신 당우(堂宇)이다. 절은 남조(南朝) 양(梁)나라 549년(太淸 3)에 지었고, 당시에는 영산사(靈山寺)였다. 당(唐)나라 738년(開元 26)에 개원사로 바뀌었다.

"그대도 힘센 사람이오. 하지만 우리는 힘을 겨루면 아니 되오. 그리하면 반드시 한 사람은 죽을 것이니 무익한 것이외다."

○

◖ 감상: 스님은 미장이들이 아무리 힘을 합해도 자기 힘을 당해낼 수 없다는 것을 알고 내기를 하였지만, 섭 셋째 큰할아버지의 힘이 자신과 막상막하라는 것을 알게 됐다. 고수와 고수가 힘을 겨루면 누군가는 죽게 되어 있으니, 그것이 얼마나 어리석은 일인가를 스님은 이미 잘 알고 있었고 섭 셋째 큰할아버지에게도 경계하게 했다. ◗

葉三伯爺

葉三伯爺者，余師葉恂予夫子季父也。能以指按簷際，凌虛巡簷而行。余曰：此技逾許定國矣。一日臥樓闌，闌折，三伯爺墜地，僕媼大譁，然三伯爺已平立地上，語僕媼曰：汝勿囂噪，以驚爾主。三伯爺善余，嘗語少時被酒，與穈肆中惡少年鬨，少年結其黨徒三十餘人鬪我，我醉中一一踣之，有健者以足蹴吾腹，吾不及手抵，即以吾腹抵其足，健者已仰趺尋丈以外，已而屠者二十餘人，則鬃肆友爭奔余，余力抵柵門，盡二十人之力，乃不能入，已而吾援亦至，事得解，今滋悔之。葉大令平恭者，三伯翁從子也，嘗告余三伯翁軼事。有僧飛錫於鐵佛殿，殿中舊多坊者所居，坊中少年可三十餘人。僧忽謂之曰：衲今以面向佛，以背就汝，汝輩以巨絙縛吾腰，悉三十人之力，引吾腰絙，能仰趺者，衲將盡貨其瓶鉢，設齋款居士。衆坊大駭，如僧言試之，僧果不爲動。有一坊知三伯翁精武技，則馳語三伯翁。三伯翁曰：明日汝更試之。如言，而三伯翁以手按僧背，僧軀爲縮，絙引動僧至尺許。僧愕顧三伯翁曰：居士亦健者，然吾輩不宜試，苟試必有一死，無益也。

스물세 번째 이야기

뱃사공 노인

효렴 양백여(楊伯畬)가 사현*에 머물 때였다. 하루는 배를 타고 길을 가게 됐다. 밤에 배를 부둣가에 댔다. 배에 탄 어떤 젊은이가 기슭으로 올라가서 마음껏 놀다가 한밤중 삼경(三更)이 다 넘어갈 무렵에 야단법석을 떨며 돌아왔는데, 좀 싱글벙글하는 구석이 있는 것 같았다. 양 효렴이 그 까닭을 물으니 젊은이가 말했다.

"이곳에 어떤 무술 사부가 도장을 열어 제자 마흔 명을 받아 무술을 가르쳐주고 있답니다. 제가 그 사부와 무술을 겨뤄서 이겼습니다. 그 제자 마흔 명이 나란히 선 채로 감히 저한테 다가오는 자가 없더라고요. 그래서 기분이 날아갈 듯이 좋답니다."

* 사현(沙縣): 푸젠(福建) 사양(沙陽)의 옛날 명칭이다.

마침 늙은 뱃사공이 누워 있다가 그 젊은이를 나무라며 말했다.

"자네들은 할 일이 그렇게 없나? 세상에 먹고살아야 할 사람이 얼마나 많고, 먹고사는 것이 얼마나 어려운데, 자네는 어찌하여 그를 궁지로 몰아넣었는가? 그리 망신을 당했으니 어찌 마흔 명의 사부가 되겠나? 그가 얼마나 기가 막히겠나?"

그래서 젊은이는 울컥한 김에 다음 날 자신의 용감함을 그 늙은 뱃사공에게 보여주리라 마음먹었다. 도중에 센 바람이 불자 젊은이가 노를 저으며 돛을 올렸다. 혼자 몸으로 몇 사람의 일을 하나 자랑하려는 의도가 제법 담겼겠다. 늙은 뱃사공이 말했다.

"자네들은 햇병아리니 어찌 대단하다 하겠나?"

하여 젊은이는 부아가 치민 나머지, 밤에 배를 부둣가에 댔을 때, 늙은 뱃사공에서 겨뤄볼 것을 청했다. 늙은 뱃사공이 말했다.

"이 늙은이는 병들고 늙어 쓸모없어. 젊은이는 내 말을 듣지 않을 것이지만, 젊은이가 힘을 겨뤄보자고 청하나 내 몸이 자네 주먹을 견뎌낼 재간이 없네그려."

젊은이는 더욱 방자해져서 다짜고짜 노인에게 달려들었다. 하지만 노인이 살짝 몸을 구부리며 젊은이의 발을 어루만진 것 같았는데, 젊은이는 이미 그 자리에 선 채로 꼼짝하지 못했다.

다음 날 배가 출항하려 하나 젊은이는 발을 벌벌 떨면서 일어섰다가도 다시 엎어졌다. 늙은 뱃사공이 깜짝 놀라 말했다.

"자네 왜 그러는가?"

그러고는 잠시 뒤에 또 말했다.

"아, 그렇지. 이 늙은이가 지난밤에 발을 건드리지 말았어야 했는데, 지금 당장 자네를 고쳐 주어야겠네그려."

늙은 뱃사공이 다시 손으로 젊은이의 발꿈치를 가볍게 어루만졌고 젊은이는 즉시 나았다. 늙은 뱃사공이 말했다.

"이 늙은이는 손가락으로 감히 남을 건드리지 못한 게 스물닷 해나 되었네. 지난밤에 몹쓸 병이 재발하였으니 지금 당장 부처님께 예를 올리고 참회해야겠어."

양 효렴이 노인에게 그 권술의 내력을 물었지만, 끝내 대답하지 않았다.

○

◖ 감상: 사람은 언제 어디서나 신중해야 하고 다른 사람

에게 공손해야 한다. 그것보다 먼저 다른 사람을 배려할 줄 알아야 한다. 세상이 각박하고 세상살이가 고달플수록 사람들은 자신만을 위하고 자기 욕심에서 벗어나기 어려워진다. 젊은이는 미래를 짊어지고 나가는 기둥이긴 하지만, 기술 능력을 익히기보다 인격 수양이 우선되어야 함을 알고 실천해야 할 것이다. ◗

舵工

楊孝廉伯夔, 館於沙縣, 趁船行。船夜止水步中, 船中少年登岸遊涉, 三更向盡, 則噪動而歸, 似有所勝。孝廉起問狀, 則曰 : 是間有武技師, 設館授徒, 徒四十人, 執業於技師, 余進與技師角藝, 技師爲僕, 四十人駢立無敢近我, 我故自矜其勝耳。有老舵工方偃臥, 斥此少年曰 : 汝輩良多事, 天下倖食之人夥, 且得食難, 汝何爲窘之, 一身見辱, 胡以師此四十人者, 不其餒乎。少年慍, 明日慾以勇矜此老舵工。中道風起, 少年鼓槳引帆, 以一身兼數人之能, 意頗矜炫。老舵工曰 : 汝輩雛耳, 是胡名爲能。少年怒, 是夜舟停, 乃求與老舵工試所能。老舵曰 : 叟老病癃廢, 少年必不吾已, 但請與少年較勢不較力, 吾軀幹不足當尊拳也。少年益肆，直撲老人，但見老人微俯，若摩少年之足，少年已卻立無動。明日舟行，少年足顫，再立再僕。老舵工驚曰：胡至是。已而語曰：是爾，叟夜來不應觸足下足，今當爲汝已之。復以手輕摩其跟，少年立愈。老舵工曰：老夫此指不敢觸人，二十五年矣，夜來禪病復發，今當禮佛自讖。孝廉求其術之所以然，終不答。

스물네 번째 이야기

사냥꾼 구삼

사냥꾼 구삼(歐三)은 깊은 산속에 살며, 칼과 창을 잘 다루었다. 옆집 사람에게 달걀을 던지게 하고 구삼이 창을 던지면 달걀이 즉시 박살이 난다. 맹수든 맹금이든 그와 맞닥뜨리면 그 꼴을 면할 수 없다. 그는 새끼 밴 짐승과 새끼를 키우는 새만 건드리지 않는다. 구삼은 평생에 호랑이 세 마리를 죽였고 그 뼈를 고아서 끈끈한 약을 만들었다. 그것을 먹으면 중풍을 고칠 수 있으니 훌륭한 약이겠다. 같은 사냥꾼들이 구삼의 실력을 시샘한 나머지 도적 떼와 한밤중에 구삼을 습격하기로 약속했다. 그들 가운데 구삼과 사이가 좋은 사람이 있었는데, 구삼에게 미리 귀띔해주었다.

그믐달이 진 어느 날, 산속은 칠흑 같은 어둠에 파묻혔다. 구삼이 산꼭대기에서부터 석회를 뿌려 구불구불 산길의 모습을 표시해서 도적 떼가 그 길을 따라오도록 꾀어냈다. 구삼은 유리한 곳에 자리를 잡고 창을 던질 준비를 마쳤다. 한밤중에 별빛이 반짝이니 도적은 석회가 뿌려진 곳을 정말 돌길로 여기고 바야흐로 그 위쪽에 서서 살펴볼 때, 구삼이 창을 날리니 도적의 정강이에 가서 꽂혔다. 창 다섯 자루가 도적 다섯 명을 맞추었고, 모두 정강이 위에 꽂혔지만, 콩알만큼 작은 것이어서 사람을 죽일 정도가 아니었다. 나머지 도적들은 깜짝 놀라 허겁지겁 다친 도적들을 부축하여 모두 달아나버렸다. 다음 날 구삼이 커다란 나무 위에 칼로 이렇게 편지글을 써놓았다.

'나는 산에 살며 호랑이를 죽인 적이 있소. 그대들에게 무슨 해를 끼쳤기에, 나를 죽이려고 하는가? 나를 죽이고 호랑이를 살려두려는가? 하지만 그대들이 그럴 마음이라면 죽이시오. 다만 내가 글을 읽어 도리를 알기에 이 몸이 형벌을 집행하는 벼슬아치가 아니면서 괜히 도적을 죽일 수 없어서 그대들에게 가볍게 처벌해 스스로 잘못을 뉘우치게 하였소. 그대들이 자신의 정강이를 보면, 창이 꽂힌 곳은 구멍 같지도 않고 몇 치 넘지도 않을 것이오. 그것으로 내 창술을 알기에 족할 것이오. 그대들 우

두머리에게 알리니 오지 말기를 바라오.'

삼구의 편지글은 원래 거칠고 직설적이었는데, 내가 그것을 약간 다듬었다. 그렇지 않으면 사람들은 내가 엉터리로 기록했다고 말할 것이다.

○

◖ 감상: 사냥꾼 구삼은 자기 일을 하면서 살아가는 사람이고 본업에 충실하고 함부로 살생하지 않는 사람이다. 그가 뛰어난 사냥 기술을 사람에게 쓴다고 상상해보시라. 혹시 자신은 다른 사람을 괜히 시샘하며 미워한 적은 없는지 그리고 다른 사람을 까닭 없이 해치지 않았는지 스스로 반성해볼 일이다. ◗

歐三

獵者歐三，居深山中，善劍而能鎗。隔墻令人抛鷄子，歐以鎗彈之，鷄子立碎。猛獸鷙鳥，遇之無免。唯不擊孕獸，及將雛之鳥。生平殪虎三，煮其骨爲膏，合以善藥，服之已風痺。同業者，害歐三能，約群盜於夜中劫歐三。輩中有善歐三者，預語之。下弦月盡，山中深黑，歐三以石灰灑山上，令曲折爲山徑狀，誘盜循徑而行。歐據形勢發鎗。夜中星光耿然，盜見石灰所灑，果以爲石路也。方窺足其上，歐三鎗發中盜脛，凡五鎗中五盜，皆在脛上，予小如豆，不足死人。餘盜大驚，皆扶携以去。明日歐以劍劈大樹書曰：余居山殪虎，於諸君何害，乃必慫死我，死我者縱虎乎，但問若心已足誅，顧吾讀書識道理，身非刑官，不能處盜於死，特示爾薄懲，俾自悔過，汝輩試驗爾脛，彈所入處，不幾同穴耶，量之能越分寸否，此足知吾鎗術矣，幸告渠魁，可勿來。歐三原書頗鄙率，余即其所語少澤之，不爾，人謂余所記者爲僞矣。

스물다섯 번째 이야기

도붓장수 녹록

녹록(鹿鹿)이란 사람은 도붓장수이다. 내가 푸젠(福建) 충허(瓊河)에 살 때 경서에 밝은 유운수(劉韻水)의 집에서 그를 늘 보았다. 녹록이 두꺼비를 잡아서 그 배를 뒤집어 놓고 눈으로 해의 그림자를 보게 하고는 작은 댓개비로 두꺼비의 배를 살짝 건드렸는데 즉시 죽었다. 이웃집 개가 커다란 사자처럼 사나워서 많은 사람을 물었다. 녹록은 그 개를 몹시 싫어했다. 그가 난데없이 그 개에게 고깃덩이를 조금 던져주니 개가 그것을 날름 받아먹었겠다. 녹록이 고깃덩이를 더 가져와 손바닥 위에 놓고 개가 손바닥으로 다가와서 고기를 먹도록 꼬여냈다. 그때 녹록이 손가락으로 개의 혈을 살짝 건드렸는데, 개가 미친 듯이 부르짖으며 열 몇 걸음 달아나자마자 죽었다.

이 두 가지 일을 모두 내가 직접 보았다. 그래서 제자들에게 늘 가까이해서는 안 될 사람이라며 경계시켰다.

충허는 본래 수부(水部) 관아 문밖에 있다. 물이 맑고 나무가 깨끗하며 높고 낮은 데 없이 푸른빛이 가득하다. 맑은 연못과 평편한 논밭으로 강물이 졸졸 흐르고 회춘원(繪春園)을 끼고 돌아 흘러간다. 다리 위에 서면 늘 정원 안의 누각에 높이 자란 여지의 나뭇가지들을 바라볼 수 있다. 나는 아침에 일어나면 충허를 따라 둘레길을 몇 바퀴 걷고 집으로 돌아오곤 했다.

하루는 아침 햇살이 막 비출 적에 난데없이 녹록이 지게를 지고 다리를 건너는 것을 보았다. 다리 바깥쪽에는 고깃배 한 척이 있었다. 녹록이 지게에 물고기를 담으면서 어부와 가격 때문에 실랑이를 벌였다. 어부도 건장하고 힘센 사람인지라 녹록을 구타했다. 나는 다리 위에 서서 깜짝 놀랐다. 어부가 틀림없이 무사하지 못하리라 짐작했다. 과연 녹록이 손가락으로 어부의 손목을 살짝 건드리는 것이 보였다. 어부가 난데없이 그 자리에 선 채로 웃음을 터뜨렸기 때문에 싸움이 끝났다. 녹록은 그제야 지게를 지고 돌아갔다.

얼마 되지 아니하여 그 어부가 병으로 며칠 앓다가 죽었다는 소리를 들었다.

○

◖ 감상: 녹록은 마음씨가 고운 사람이 아니다. 자신이 싫어하는 두꺼비와 개를 무자비하게 죽이는 것만 봐도 그가 상당히 고약한 심보를 가진 인물임을 알 수 있다. 이러한 사람이 못된 마음을 먹고 힘을 다른 사람에게 행사하면 어부처럼 심지어 목숨을 잃게 된다. ◗

鹿鹿

鹿鹿者稗販人。余居瓊河時，恒見之劉韻水明經家。鹿鹿取蝦蟆仰其腹，以目視日影，用小竹點蝦蟆腹，立死。隣狗猛若巨獅，好噬人，鹿鹿惡之，忽投狗少肉，狗盡之，更以肉寘諸掌上，餌狗近掌舐肉，鹿鹿以指點狗穴，狗狂嘷力奔十餘步死。此二事，均予所親見者。輒戒子弟，不可與是人近。瓊河本居水部門外，水木明瑟，萬綠上下，清池平疇，河水澌澌，抱繪春園而流，立橋上恒望見園中樓閣，出荔枝樹杪。余晨起必沿瓊河行數周而歸。一日晨曦甫動，忽見鹿鹿荷擔過橋，橋外有漁舟，鹿以擔受魚，爭值與漁者角，漁者亦健有力，毆鹿鹿。余立橋上大駭，策漁者必無倖。果見鹿鹿以指點漁者臂腕相接處，漁者忽立而笑不已，亦不能競，鹿竟負擔而歸。尋聞此漁者，病數日死矣。

스물여섯 번째 이야기

혹부리 영감

푸젠(福建)에서 상인이 모이는 곳이 있는데, 그 땅을 항제(杭街)라고 부른다. 항제는 윗길과 아랫길로 다시 나뉘고 비좁은 골목 하나가 두 길을 이어준다. 이 비좁은 골목을 나가면 온천과 깎아지른 골짜기가 있으니, 비좁은 길목은 온갖 짐꾸러미를 들고 나는데 꼭 거쳐야 하는 길이다. 그래서 용맹하고 건장한 젊은이 둘을 고용해 이백여 근이나 되는 짐꾸러미를 커다란 장대에 꿰서 어깨에 메고 옮기도록 한다. 길을 가는 사람이 모두 피해주었고 감히 그들에게 거슬리지 못했다. 어쩌다 그것을 막거나 부딪치기라도 하면 즉시 욕설이 터져 나왔다. 행여나 시비라도 붙으면 그들 패거리가 씩씩거리며 우르르 몰려와서 말썽을 일으킨 사람은 망신을 톡톡히 당한다.

나도 항제로 갈 때는 반드시 빠른 걸음으로 그들을 피

했다.

내가 서른 살 때 일이다. 봄이 끝날 무렵에 비가 내린 뒤라 진창에 흙탕물이 사방으로 튀는 날이었다. 나는 큰누나를 뵈러 가는 길에 이곳을 지나게 됐다. 어떤 혹부리 영감이 꾸물꾸물 내 뒤를 따라왔다. 나는 비켜서서 영감에게 길을 내주었고, 영감도 나에게 턱을 끄덕이며 인사하고 지나갔다.

내가 마침 어떤 길손과 선 채로 이야기를 나누고 있을 때, 골목 끄트머리에서 난데없이 시비가 붙었고 그 소리가 몹시 시끄러웠다. 내가 가까이 가서 보니 그 혹부리 영감이었다. 그곳에서 어떤 젊은이가 어깨에 짐꾸러미를 메는 커다란 장대로 그의 가슴을 쳤고, 영감이 다행히 나자빠지지는 않았으나 그 젊은이를 나무라는 중이었다. 젊은이가 사과하기는커녕 되레 그 장대를 들고 혹부리 영감을 탕탕 내려치자 영감이 똑바로 선 채로 꼼짝도 하지 않고 손으로 그 장대를 붙잡아서 으스러뜨렸다. 에워싸고 구경하던 사람들이 이러쿵저러쿵 와글와글 떠들면서 젊은이에게 그만두라고 앞다투어 말렸다. 장대의 몸통이 찻잔만큼 굵었는데, 영감이 한 손으로 그것을 붙잡아 으스러졌으니, 이것이야말로 내가권*이다. 젊은이는 그것을 깨닫지 못하고 여전히 다짜고짜 달려들었다. 영감은 말을 하지 않고 손가락으로 그 젊은이의 가슴팍을 눌렀다. 젊은이는 눈을 둥그렇게 뜨고 입에서는 거품을 토해내며 식은땀을 목욕하듯이 흘렸다. 길에 늘어선 사람들이 너도나도 혹부리 영감에게 그 젊은이를 살려주라고 애걸했다. 영감은 노여움이 조금 풀리자 물을 가져오라 명령했다. 그리고는 단약을 꺼내 물에 넣어 마시라고 하면서 말했다.

"나는 혹부리 병자이네. 자네는 하늘신처럼 혈기 팔팔한 사람이건만, 커다란 장대로 나를 때리면, 내가 아니었으면 머리통이 즉시 부서져서, 사람을 죽인 건 물론이고 벌을 받았겠지. 자네는 집에 아버지 어머니도 없나? 어떻게 그렇게 노인네를 괴롭힐 수 있나?"

젊은이가 단약을 먹은 뒤에 길에 짐꾸러미를 놓아둔 채로 다른 장대를 가지러 갔다. 영감이 한숨을 내쉬며 말했다.

"쯧쯧, 한 반년 더 살겠지."

---

* 내가권(內家拳): 중국의 정통무술의 한 갈래이고, 몸 안의 단전과 기운의 흐름, 즉 내기(內氣)를 중요시하기 때문에 붙여진 이름이며, 공격을 막아내는 것을 위주로 한다.

○

◖ 감상: 무거운 짐꾸러미를 옮기는 젊은이가 길을 막고 꾸물꾸물 가지 못하는 병든 노인을 구타했다. 노인을 공경하고 보살펴 드려야 하는 것은 인륜이요 사람이라면 마땅히 지녀야 하는 도리이다. 젊은이는 노인에게 진심으로 사죄해야 마땅하다. 그런데 혹부리 영감은 그냥 병든 노인이 아니라 권술에 정통한 사람이다. 그가 손가락 한번 까딱해서 한 젊은이를 기껏해야 반년 더 살게 한 행위는? 무거운 짐꾸러미를 지고 힘들게 가는 젊은이를 보면 자신이 아예 멀리 떨어져서 가든가 해서 젊은이를 먼저 배려해주면 안 되었는가? 젊은 혈기만 믿고 날뛰는 젊은이들을 우선 이해해주면 안 되었는가? 혹부리 영감도 고약한 구석이 있지는 않은가? ◗

瘿叟

閩之商賈輻輳處，地曰杭街，復分街爲上下，有小巷通之。巷出湯泉絕挾，復爲百貨梱載出入之途。用勇健兩少年，任二百餘斤，以巨竹貫而肩之。行人均避道莫敢與忤，偶抵觸之，即出惡聲，稍紛競者，後人已洶洶至，均其同黨，必得奇辱始已。余道出杭街，必趨避之意。余三十歲時，春盡雨霽，泥濘四濺，余往朝老姊，行經是間。有癯叟龍鍾處余後，余避道讓叟，叟亦禮頷余。余適與一客立語，而巷末忽紛擾，其聲甚厲。余趨視，則此癯叟者，爲此少年以肩貨之巨竹，抵其胸，叟幸未仰，詈此少年。少年不讓，直擧其竹棒棒癯叟，叟挺立不爲動，以手握其竹碎之。觀者大譁，爭謂少年宜止矣。竹身大如茗甌，叟一手握之立碎，此內家拳術也。少年弗悟，仍前撲。叟無言，以指按其胸，少年張目吐沫，汗出如濯。路人爭哀癯叟逭此少年命。叟怒少霽，命以水至，出丹藥投水中，令飮曰：吾癯而病，汝健旺如天神，竟以巨竹棒我，非我，顱且立碎，勿論死人當論抵，然若家獨無父母耶，奈何無狀蔑長者。少年飮後置貨於道，別歸取他竹。叟歎曰：嗟夫，此可半年生耳。

스물일곱 번째 이야기

파리의 힘센 장사

우리 집안의 관찰* 고자익(高子益)은 젊은 시절에 파리 대학에서 공부했고, 졸업한 뒤에 귀국해서 나에게 파리에서 본 일을 아주 많이 말해주었다. 지금은 모두 기억할 수 없지만, 힘센 장사의 이야기를 들었을 때는 너무 황당해서 엉터리라고 여겼다.

고자익은 이런 힘센 장사를 말해주었다. 그는 두 팔뚝이 커다란 항아리만큼 굵고 벌러덩 누워서 팔꿈치로 땅을 받치고 수백 근 나가는 쇠판을 들고, 그 위에 커다랗게 묶은 짐꾸러미를 더 올려놓고 게다가 우람한 장사 몇 사람에게 올라가서 그 위에서 오락가락하라고 한다. 15

---

* 관찰(觀察): 청(淸)나라에서 한 성(省) 각 부처의 장관이나 각 부(府)·현(縣)의 행정을 감찰하는 관리인 도원(道員)을 일컫는다.

분 뒤에 몸을 일으킨 장사는 표정이 조금도 변하지 않았다고 했다.

나는 껄껄 웃으며 그런 일은 없을 것이라고 우겼다. 고자익이 사진을 꺼내 나에게 보여주었는데, 고자익이 말한 모든 사람이 사진 속에 그대로 있어서 내가 믿게 됐다.

사진 가운데 또 다른 장사가 있었다. 한쪽 팔을 쭉 뻗어서 쇠막대기 한 개를 쥐었는데, 쇠막대기 양쪽 끝을 모두 커다란 국자 모양으로 만들었다. 국자 위에 각기 두 사람이 매달려 있고, 쇠막대기를 날듯이 빙빙 돌린다. 하지만 사진 속에는 바퀴가 돌아가는 모습이 아니라 꼿꼿하게 서 있는 모습이 보인다. 그렇지만 이 장사는 정말 세 발 달린 커다란 솥단지를 들* 수 있을 것이다.

○

◖ 감상: 중국에는 무술의 고수가 많았다면 서양에는 묘

* 강정(扛鼎): 오늘날의 역도와 비슷하며, 중국의 고대에 '커다란 세 발 달린 쇠로 만든 솥(鼎)'을 '손으로 들어 올리는(扛)' 행위를 말한다.

기의 달인이 많았던 것 같다. 임서는 파리에 유학한 고자익이 말해줄 때는 믿지 않고 엉터리로 꾸며낸 이야기로 여겼지만, 사진을 보여주자 믿게 됐다. 중국과 서양이 서로 다른 문화를 갖고 있었음을 엿볼 수 있다. ◗

巴黎力人

余戚高子益觀察，少肄業巴黎大學堂，畢業歸，與余語巴黎事甚夥。今皆不復能識，但聞力人事，則大駭以爲妄。子益言力人者，二膊大如巨甕，仰臥，以肘抵地，舁鐵板，可數百斤，加其上，益之巨梱之貨，二更令壯士數人，往來趨走其上，可一刻鐘而起，神宇如恒。余大笑，力爭無其事，子益乃出影片示余，凡子益所言者，影中皆具，余始服。影中又有一力人，伸獨臂，執一鐵軸，軸兩頭均作巨杓形，杓上各垂二人，軸輪轉如飛。然影片中則不爲輪轉之形，但屹立，然則此神力者，其果能扛鼎矣。

스물여덟 번째 이야기

통소를 잘 부는 서오

서오(徐五)는 푸젠(福建) 난안(南安) 사람이다. 그는 무술에 정통하고 쇠로 만든 퉁소를 잘 불었다. 그가 쇠 퉁소를 불면 그 가락이 구름을 뚫고 그 밖으로 퍼져나갈 정도였다. 그는 방물장수들 사이에 섞여 사나 짐 멜대에는 늘 쇠 퉁소가 매달려 있었다. 산이든 물이든 경치 좋은 곳에 이를 때면 멜대를 내려놓고 그것을 불곤 했다.

그 시절에 이택(李澤)이라는 사람이 있었는데, 그도 퉁소를 잘 불었다. 그가 타이항산(太行山)에서 노닐다가 집으로 돌아오니 아내는 그만 돌림병으로 사망한 뒤였다. 이택이 사무치는 슬픔에 잠긴 채로 문짝에 빗장을 걸어두고 대나무 퉁소를 들고 밤이고 낮이고 불었더라. 퉁소 가락이라는 것이 본래부터 처량하거늘, 이택의 슬픔이 얹어지니 듣는 이가 그 때문에 닭똥 같은 눈물을 닦으나 감히 그 집에 이르러 문짝을 두드리고 말리지 못하였다.

그때 마침 서오가 그 집 문밖을 지나다가 퉁소 가락을 듣고 이웃 사람에게 물었다.

"뉘가 부는 거요? 저 소리는 살붙이 피붙이를 잃은 슬픔에 사무친 가락이니 가슴이 찢어져 죽을 것이고, 지금 들어가 저 퉁소를 빼앗는다 해도 죽을 것 같구려."

이웃 사람이 말했다.

"그럼 어찌하오?"

서오가 말했다.

"내가 쇠 퉁소로 그를 구해보겠소이다."

그리하여 서오가 쇠 퉁소를 꺼내 들고 불기 시작하였더라. 부드러우면서 잔잔한 기쁨의 가락으로 그 슬픔을 사그라들게 하는 것이라. 밥 한 끼 지을 시간쯤 불었더니 집 안에 대나무 퉁소에서 나는 가락이 들리지 않는구나. 이에 사람들이 그의 집 안으로 우르르 몰려 들어갔다. 이택은 퉁소를 내팽개치고 기절한 듯 바닥에 쓰러져 있었다. 서오가 맥을 짚어보며 말했다.

"다치지 않았소. 저 퉁소를 쪼개서 달여서 마시게 하면 되겠소이다."

이택의 퉁소를 쪼개니 대나무 안쪽에 모두 핏자국이 줄줄이 스며들었더라. 이에 달인 물을 마시고 이택이 즉시 살아났다.

내가 덧붙이면, 원나라 원성 양우*의 『산에 살며 얻은 새로운 이야기』에 자구 황공망**과 인적 드문 산속에서 노니는 나그네 이야기가 기록되어 있다.

호숫가에서 피리 소리가 들려오니 자구가 말했다.

"이는 쇠 피리 가락이로다."

잠시 뒤에 자구도 쇠 피리를 불면서 산에서 내려왔다. 호숫가에서 노닐던 이가 피리를 불면서 산으로 올라갔다. 두 사람이 서로 조금도 쳐다보지 않고 피리 가락도 그치지 않고 팔을 스치며 지나갔다.

이 일과 좀 같기는 하지만, 호숫가를 거닐던 이의 슬픔이 이택만 못하였고, 자구의 피리 가락도 서오의 죽어가는 사람을 살릴 정도에 미치지 못했을 뿐이노라.

---

* 양우(楊瑀, 1285-1361): 자(字)는 원성(元誠)이고 첸탕(錢塘), 지금의 항저우(杭州) 사람이다. 『산에 살며 얻은 새로운 이야기(山居新語)』 4권을 남겼다.

** 황공망(黃公望, 1269-1354, 일설에는 1269-1358): 원(元)나라 이름난 화가이며 자칭 저둥(浙東) 핑양(平陽) 사람이라 했다. 자(字)는 자구(子久), 호(號)는 일봉(一峰), 대치도인(大癡道人) 등이 있다.

○

◖감상: 이 소설을 읽으면 우리나라 옛날의 봇짐장수가 패랭이 위에 달고 다닌 목화솜을 떠올리게 된다. 전국 각지를 돌며 안 가는 곳이 없었던 봇짐장수는 장삿길에 다친 사람을 만나면 목화솜으로 지혈을 해주었다. 방물장수 서오의 쇠 퉁소 역시 그러하였다. 죽음에 이른 사람에게는 나지막이 들려주는 즐거운 소리도 희망의 빛이자 생명수 한 모금이 될 수 있다. 이택의 대나무 퉁소 가락은 슬픔이요 죽음의 가락이나 서오의 쇠 퉁소는 슬픔을 이기는 기쁜 소리이자 생명의 가락이다. 나무를 이기는 쇠의 대비를 통해서, 무술에 능한 것만이 아니라 사람을 아끼고 사랑하는 마음을 지닌 사람이라야 진정한 고수이며 달인이요, 사람 아래 사람 없고 사람 위에 사람 없으니, 모든 것은 사람으로부터 시작해야 한다는 뜻을 드러냈으리라.◗

洞簫徐五

徐五南安人，精武技，能吹鐵洞簫，聲徹雲表，隱於貨郎，擔上恒懸洞簫，遇山水佳處，則弛擔而吹之。同時有李澤者，亦善洞簫，客遊山左歸，而妻子盡以疫死，李生大悲，扃其戶，取竹洞簫吹之，竟日竟夜。洞簫聲本悽惋，益以李生之悲，聞者爲之雪涕，然無敢叩其扉而止之。時徐五過門外，聞簫聲，即謂其隣：吹者何人，審其聲似悲其骨肉，然心已碎且死，即入而奪其簫，則亦死。隣人曰：奈何。徐曰：吾自以鐵洞簫救之。於是擧洞簫而吹，作愉惋和悅聲，以殺其悲。可一炊許，室中洞簫無聲，衆排闥入，則李生墜簫如暈。徐五切脈曰：無傷，當劈其洞簫，煎而飮之以液。洞簫既劈，竹中縷縷均血痕矣，既飮而李生遂蘇。余按：元楊元誠山居新話中，載黃子久與客遊孤山，聞湖中笛聲。子久曰：此鐵笛聲也。少頃，子久亦以鐵笛自吹下山，遊湖者吹笛上山。略不相顧，笛聲不輟，交臂而去。與此事略同，惟遊湖者之悲不如李生，而子久之笛，亦未如徐五之能起死也。

스물아홉 번째 이야기

형산의 두 노인

도광과 함풍 연간에는 서양 총을 만드는 기술을 미처 익히지 못하였다. 그래서 특히 주먹과 용맹함에 심취하여 고수가 되고자 하는 사람이 많았다. 그들은 젊은 시절에 용감하고 굳세었으나 나이가 들면서 나무로 만든 닭처럼 온순해졌다.

나는 열 몇 살일 적에 산시(陝西) 헝산(橫山)에서 살았다. 이웃 사람 가운데 재봉사 왕(王) 영감이 있었다. 왕 영감은 손톱이 다섯 치 몇 배는 길었다. 왕 영감은 날마다 쉬지 않고 재봉질을 했고, 자신에게 무례하게 구는 사람이나 일과 부딪친다고 해도 늘 참고 견디며 맞서지 아니하였다. 내가 볼멘소리로 말했다.

"영감님은 너무 약하세요. 영감님이 연세가 많으시니 모두 높여야 예의이거늘, 어째서 영감님을 업신여기지요? 저 같으면 벌써 달려들어 엎어 버렸어요."

왕 영감은 미소를 지으며 말했다.

"내가 좀 참으면 되는 것이지."

왕 영감이 참는다고 말하는데, 능력이 있으나 하지 않을 뿐이라는 말같이 들려서 매우 의아했다.

하루는 왕 영감이 집에서 쌀을 찧었다. 돌절구를 마당 한복판에 놓아두었을 때 비가 내려 빗물이 돌절구에 받아졌다. 쌀이야 다 찧었지만, 돌절구 바닥에 쌀가루가 좀 남아 있었고, 쌀가루를 미처 다 퍼내지 못했겠다. 왕 영감이 곡물을 버릴 것이 아까워 아예 돌절구를 들어 대청으로 옮겨놓는데, 무슨 빈손인 듯이 전혀 힘을 들이지 않았다. 나는 그 모습을 보며 매우 감탄했다.

이웃에 소삼(小三)이라는 자가 있었는데, 아주 교활하기 짝이 없는 사람이었다. 그가 왕 영감이 힘이 세다는 소리를 듣고 왕 영감의 긴 손톱을 잘라 화를 돋울 궁리를 했다. 하루는 소삼이 밝은 달빛을 빌려 왕 영감의 집 대문 밖에다 숯으로 가위 한 개를 그려놓았다. 왕 영감이 변기통을 버리려고 문을 열고 나오다 달빛 아래서 가위를 발견했겠다. 왕 영감이 그것을 집으려고 후다닥 손을 내밀다가 그만 가위를 잡지 못하고 손톱 두 개만 부러뜨렸다. 왕 영감은 자신이 어리석어 남의 속임수에도 넘어

간 것이라 여기고 혼자 웃어넘겼다. 얼마 뒤에 소삼의 소행이라는 소리를 들었지만, 그에게 따지지 않았다.

채소 장수 왕유(王趡)도 나이가 일흔 몇 살인데, 평소에 말도 별로 없고 잘 웃지도 않고 등이 구부정한 데다가 수염도 더부룩하게 길렀다. 그 시절에 우리 집이 가난하여 늘 왕유에게 채소를 사다가 점심 끼니를 때우곤 했다. 왕유는 언제나 내가 달라는 대로 달아주었다. 나는 진작부터 왕유가 무술을 할 수 있다는 소리를 들었기 때문에, 살짝 무술 솜씨를 보여달라고 청했다. 왕유가 안 된다면서 말했다.

"애한테 그게 무슨 쓸모가 있어? 잘못하면 남에게 수모나 당하지, 잘하면 남을 죽이기나 하지. 사람을 죽인 사람도 죽어야 하니 그게 재앙인 것이여. 애한테 또 그게 무슨 쓸모가 있겠누?"

나는 얼버무리며 물러날 수밖에 없었다.

달포 지난 어느 날, 나는 난데없이 길을 걸어가고 있는 왕유를 보게 되었다. 어떤 사람이 커다란 삼나무를 짊어지고 왕유의 뒤쪽에서 바짝 따라가고 있었다. 그가 삼나무 끄트머리로 왕유를 계속 툭툭 쳤다. 왕유가 발걸음을 멈추자 그 사람이 하던 대로 또 왕유를 쳤다. 왕유가 말했다.

"당신 어쩌자는 거요?"

삼나무를 멘 사람이 말했다.

"나는 평생 늘 이랬는데, 당신이 나를 어쩌겠소?"

왕유가 처음에는 그와 맞상대하지 않으려고 몇 걸음 걸어가다가 느닷없이 부아가 치밀어 올라 버럭 소리쳤다.

"네 이놈, 감히 그래!"

삼나무를 짊어진 사람이 즉시 삼나무를 내려놓더니 왕유에게 확 달려들었다. 왕유가 후다닥 한쪽 발을 날리자 그 사람은 한 장 너머 밖으로 나가떨어졌다. 그 사람이 왕유 앞으로 쏜살같이 달려와 무릎을 꿇고 감사하며 말했다.

"제가 어른 뒤를 십 년 동안 따라다녔는데, 오늘에야 마침내 이 비법을 얻었습니다. 소림 무술의 정수를 전수했습니다."

그리하여 절을 하고 다시 삼나무를 짊어지고 가버렸다.

왕유는 무엇인가 잃은 듯이 멍해졌다.

○

◖ 감상: 무술을 배우는 자는 고수의 비법을 알아내 고수를 앞지르려고 한다. 진정한 고수는 잔꾀를 피우고 잔재

주를 부리는 자에게라도 함부로 무술을 남용하지도 자랑하지도 않는다. 무술이란 잘못해서 남에게 지고 자신이 죽는 것이나 잘해서 목숨을 빼앗는 것이나 모두 무술을 남용한 결과이다. 젊은 시절에는 혈기 팔팔하여 날뛰었다고 해도 나이가 들면 힘이 없어 참는 것이 아니라 무술을 잘못 사용하면 어찌 되는지를 잘 알기 때문이다. 왕유가 십 년 동안 꾹꾹 참은 화를 폭발한 것이 결국은 비장의 무술을 남에게 전수한 꼴이 되었고, 그러니 멍해질 수밖에 없었다. 왕유가 발길을 날렸을 때, 삼나무를 메고 가는 사람도 무술을 할 줄 아는 사람이었기에 한 장 너머 밖으로 나가떨어졌을 뿐이다. 그렇지 않았더라면 그의 목숨도 남아나지 못했다. 삼나무를 메고 가는 사람은 왕유의 화를 돋워 무술의 정수를 알기 위해 지난 십 년 동안 공을 들였고 드디어 단 한 번에 터득했다. ◗

橫山二老

道咸間，洋槍之製未工，故老猶溺於拳勇一道。少年勇健，迨老乃馴若木鷄。余十餘歲時，家橫山。隣有紉工王叟，爪甲之長幾五寸，日紉不輟，遇不遜事，輒容忍弗較。余爲不平曰：叟太荏弱，在禮叟年長當加敬，胡爲見蔑，若我者，久已推而覆之矣。叟微哂曰：吾安忍如是。余聞叟言忍，似能而不爲之詞，頗以爲異。一日叟家方屑米。寘石臼庭中，盛雨及之，米屑不能盡起，叟惜穀，竟移其石臼於堂上，雍容如恒狀，余始驚服。顧隣兒有小三者，狡猾無倫，聞叟多力，則慫撩之怒而折其指甲。一日乘月明，以炭畫剪刀於叟門外。叟開門潑其盥器，月光中見剪刀，則疾以爪取之，不能起，二指甲立斷。叟知爲人愚，則亦自笑。久乃聞爲小三所爲，亦不之較。菜傭王譙者，年亦七十許，長日寡言笑，傴而長髯。余家貧，輒就譙買蔬充午膳，而譙稱余願。余久聞譙能武，則稍稍請示武技。譙不可，曰：童子安用此，技弗良者挫於人，旣良，又足以死人，死人人死，其禍一也，童子又安用此。余諾而退。越月，忽見譙行於道。有負巨杉者躡譙後，以杉末抵譙，譙卻立，則又抵之。譙曰：汝將何爲。杉人曰：我生平咸如是，汝如何者。譙初不較，行數武忽大怒曰：奴子敢爾。杉人立下其杉撲譙，譙驟起一足，蹴杉人於尋丈之外。杉人忽跪謝曰：十年步先生後，今日乃得此法，此少林的髓也。拜已，負杉而去。譙惘然如有失。

서른 번째 이야기

탕 사부

탕(湯) 사부의 함자는 잊어버렸다. 그는 날마다 다섯 손가락을 모아서 쇠 부스러기 속에 집어넣고 수백 번을 오르락내리락하며 피를 흘리지 않을 때까지 그렇게 했다. 그러기를 오래 하니 손가락이 쇠처럼 단단해졌다. 처음에는 돌멩이 몇 개를 쥐고 으스러뜨렸고, 더 지난 다음에는 주먹을 쥐고 바위도 으스러뜨렸다. 그리하여 당시 사람들이 '쇠주먹 탕 저승사자'*라 말했다.

탕 사부는 그 권술을 갖고 장쑤(江蘇) 남부와 저장(浙江) 북부 일대를 돌아다녔는데, 그를 이긴 사람이 없었다. 하루는 저장 타이저우(臺州)를 지나게 됐다. 어떤 사

---

* 십사(十四): 푸젠(福建) 푸저우(福州) 일대에서 사람들은 '14' 숫자를 매우 싫어하고 '재수 없다'라고 여긴다.

람이 찾아와 뵙기를 청하는데, 알고 보니 떠돌이 중이었다. 그가 문을 들어와 예의 바르게 말하였다.

"소승이 거사께서 내가권에 정통하시다 들었소이다. 원하옵건대 거사께서 한 수 가르쳐주시옵소서."

탕 사부는 승려가 제법 예의 바르다고 여겼기에 공손하게 거절했다. 하지만 승려가 뜻을 굽히지 아니하고 다짜고짜 성문 밖 거친 들판에 있는 암자에서 겨루어볼 것을 약속하자고 하니 탕 사부가 하는 수 없이 수락하였겠다. 하지만 그는 그 승려가 좀 두려운 생각이 들었다. 승려가 문밖에 이르니 마침 말 한 마리가 문 앞을 떡하니 가로막고 서 있었다. 승려가 단번에 훌쩍 뛰어올라 그 말 등을 건너짚고 넘어갔다. 탕 사부는 그에게 교활한 구석이 있구나 하고 적이 실망하였다.

다음 날 탕 사부가 무술을 겨루고자 암자로 갔으나 그 승려가 늦도록 나타나지 아니하였다. 정오가 되자 승려가 난데없이 담장 밖에서 날아 들어와 탕 사부를 위협했다. 두 사람이 맞붙어 대결하는데 승려가 매처럼 날아서 다가왔고, 탕 사부는 봉쇄 자세를 취했다. 한참 뒤에 승려가 난데없이 공중에서 발을 아래쪽으로 차려는 순간 탕 사부가 손으로 그 발을 쥐자마자 정강이뼈가 으스러져 승려는 죽고 말았다.

이 일은 쇠로 만든 나막신을 신은 중과 같았다. 나는 이 승려와 쇠로 만든 나막신을 신은 중이 같은 부류가 아니었을까 여긴다.

○

◖ 감상: 손이 발을 이겼고, 공중을 나는 자를 땅에 발을 딛고 선 자가 이겼다. 고수는 고수를 알아보는 법이다. 고수와 고수가 맞붙으면 누군가는 죽어야 한다. 그러하니 고수라면 섣불리 남에게 도전장을 내밀지 않는다. 승려는 말 등을 건너짚고 넘어가면서 자신의 약점을 내보였다. 승려의 장기(長技)는 발에 있었던 것이고 그것을 은근히 과시한 것이지만, 이는 상대에게 자신의 무기를 알려준 꼴이다. 그러니 탕 사부는 이미 자신의 손이 그 발목을 잡으면 곧바로 죽음이라 느꼈을 것이다. 살인이 예정되어 있으니 두려움을 아니 느낄 수 있겠는가. ◗

湯教師

湯教師忘其名，日日骈五指入鐵屑中，起落百數，顧乃無血，久久指亦如鐵，始握數小石立碎，又久，乃握拳石亦碎。時人稱曰：鐵手湯十四。湯以藝遊行吳浙間，莫出其右。一日過臺州，有客造門求謁，則行腳僧也。入門禮曰：衲聞居士精於內家之學，擬從居士請業。湯以僧有禮，遜謝不遑。然僧意至堅定，立約必求試於城外荒庵中，湯諾之。然亦中懾此僧，送僧至門次，門外適有匹馬橫當其戶，僧直超過馬背而去。湯頗誚其輕滑。明日試藝於庵中，遲僧久未至，停午僧忽自墻外超而入，湯始怖。既交，僧往來如飛鶻，湯作勢封閉，以待其來，久之僧忽從空際下其足，湯以手握之，脛碎，僧死。其事類鐵屐和尚，余疑此僧與鐵屐和尚，殆同出一源者也。

서른한 번째 이야기

더저우의 길손

뱃길이 미처 뚫리지 아니하였을 적에 중원의 길손은 때로 산둥(山東) 더저우(德州)에서 서울 옌징*으로 들어갔다. 항저우(杭州) 런허(仁和) 땅에 사는 정(丁) 서생이 일이 있어 도성으로 들어가려는데, 물건이 많은지라 말 두 필을 몰아 길을 나섰겠다. 도중에 어떤 말을 탄 두 사람이 뒤쪽에서 그를 따라오고 있었다. 정 서생이 마음속으로 두려웠던 차에 마침 왼쪽 길가에 초가 암자 한 채가 있기에 곧장 다가가서 문을 두드렸다. 문을 열어준 사람은 비구니였다. 비구니가 길손을 들일 수 없다며 거절했다. 정 서생이 말했다.

"날이 곧 저물고 비도 내릴 것 같으나 앞쪽에 주막집도

* 옌징(燕京): 베이징(北京)의 옛 이름이다.

없습니다. 보살께서 저를 대웅전에서 묵게 해주시면 부들자리에 앉아 있다가 날이 밝는 대로 곧 떠나겠습니다. 원하신다면 향불 값으로 금 열 냥을 드리겠습니다."

비구니가 말했다.

"소승에게 대사님이 계시니 대사님께 허락 여부를 알아보겠나이다."

대사가 수락하여 정 서생이 금을 내어놓았으나 받지 아니하였다. 좌측 곁채를 청소한 뒤에 절밥으로 길손을 대접하였다. 정 서생이 밥을 다 먹자 대사가 분부하는 소리가 들렸다.

"오신 손님이 귀중한 물품을 갖고 계신 듯하니 밤중에 단단히 도적을 방비하거라."

정 서생은 아까 길에서 만난 그 말을 탄 두 사람이 떠올라 의심스러워 말했다.

"제가 오는 길에 말을 탄 두 사람을 보았는데 일반 길손 같아 보이진 않았습니다. 대사께서 말씀하시는 것이 그들을 가리키는 것인지요?"

잠시 뒤에 또 대사의 말소리가 들렸다.

"도적이 모두 말을 탔느니라. 손님이 보신 것이 반드시 정확하다고는 할 수 없어도 방비하는 것이 좋겠구나."

정 서생은 밖으로 새나가는 촛불을 껐다. 빗발은 굵은

밧줄처럼 내렸다. 난데없이 처마 쪽에서 말소리가 들렸다.

"어휴, 안 맞았네."

또 다른 누군가 말하는 소리가 들렸다.

"에잇, 귀를 맞았어."

그리고는 잠잠해졌다.

다음 날 동틀 무렵에 시중드는 사람이 벌써 일어나 길손에게 떠날 것을 재촉하며 말했다.

"간밤에 대사께서 대전 섬돌로 나가시어 도적 두 사람을 쫓아버렸습지요. 대사께서는 불경을 십 년 동안 공부하였고 벌써 온갖 속세의 인연과 번뇌는 텅 비우셨기에 도적을 죽이고 싶지 아니하셨으니 칼 한 자루에 한 사람은 머리털 끝을 스쳤고, 한 사람은 귀를 맞았으나 살짝 상처를 입혔을 뿐이지요. 여기서 십오 리를 더 가면 절이 하나 있습니다. 그 절에 등이 구부정한 행자 한 분이 계십니다. 길손은 그에게 대사께서 길손과 함께 길을 가도록 하라 이르셨다 말하십시오. 그리하면 산둥 경계를 나갈 때까지 도적은 아니 만날 것이옵니다."

정 서생이 대사를 꼭 만나 뵙기를 청하여 대사의 거처로 들어갔다. 그곳에는 온갖 꽃이 활짝 피었고 송(宋)나라 때 주렴이 꽃들 가장자리에 드리워져 있었다. 대사는 서른 살 좀 넘어 보이는 아름다운 부인이었는데, 이처럼 뛰어난 무술을 지녔을 줄 생각지도 못했다.

거기서 십오 리를 더 가니 과연 행자가 있었으므로 대사의 지시를 알렸다. 행자가 즉시 무슨 무기도 지니지 아니하였지만, 자루 한 개를 짊어지고 절름발이 당나귀 등에 올라탔다. 자루 속에는 사실 단도가 가득 들어 있었다. 행자가 스스로 자신은 백발백중이며 대사의 수제자라고 말했다. 대사의 내력을 물었으나 행자는 웃을 뿐 대답하지 아니하였다. 그리하여 산둥 경계에 다 이르도록 도적은 한 명도 만나지 않았다.

○

◖ 감상: 대사는 무술의 고수이고, 등이 구부정한 행자도 무술의 고수이다. 하지만 행자보다는 대사의 무술이 더욱 높은 경지에 있다. 대사는 드러내지 않는 겸손한 사람이요, 행자는 자신이 백발백중인 것을 은근히 과시하였다. 무술의 고수는 사람의 목숨을 함부로 해치지 아니한다. 자그마한 상처를 내는 것만으로도 상대에게 충분히 경종을 울린다. ◗

德州行客

海道未通前，中原行客，往往自德州入燕。仁和丁生，以事入都，所挾頗豐，維從二綱紀。道上二騎客尾之，丁中慴，適道左有茅菴，則徑叩其扉，尼也，拒客勿納。丁曰：暮景已逼，且雨，前路無逆旅，乞阿師便我，得大雄殿次，容一蒲團危坐達曉已足，願上十金爲香火資。尼曰：衲尚有大師，容告大師，取進止。而大師諾，丁上其金，弗受。除左廂，以脫粟款客。食已忽傳大師語曰：來客似挾重裝，夜中幸愼重，防有暴客。丁已疑途次兩騎客矣。即曰：道中逢二騎士，容止頗異，師言得毋指是。有頃又傳大師語曰：盜皆騎，客所見固未必確，防之良是。漏下燭滅，雨腳如繩，忽聞簷際有聲曰：幸未中。又聞有聲曰：已中吾耳。已而寂然。明日侵晨，侍者已起，趣客行，且曰：夜來大師出殿墀，已發遣二盜矣。大師讀內典十年，萬緣已空，不慾死賊，故一劍但逾其髮際，一中其耳，小創之，去此十五里有寺，中有駝背行者，汝將大師命，與之同行，逾山東界，即無盜矣。丁生必求見大師，入方丈，叢花盛開，湘簾下垂花際。師三十許麗人也，不圖其藝如此。去城十五里，果得行者，告大師諭。行者即引蹇驢從行，行不挾兵，但懸一囊於驢背，滿實小刃。自云發無不中，爲大師高足。叩以大師蹤跡，行者但笑不答。於是盡山東境，乃不遇一盜。

서른두 번째 이야기

배불뚝이 도적

배불뚝이 도적은 보통 사람처럼 몸집이 여위고 작은데, 어찌하여 배불뚝이라는 별명을 얻었는가에 대해서는 모르겠다. 배불뚝이는 도둑질해서 번 돈을 헤프게 남김없이 써버렸다. 나중에는 남은 장물을 주셴산(九仙山) 자청궁(紫淸宮) 섬돌 아래 묻어놓았다. 관아에서 배불뚝이를 붙잡아서 장물의 소재를 뒤질 적에 때로 자청궁 아래로 가서 장물을 찾아오곤 했다. 배불뚝이는 다른 사람이 더 연루되는 것을 바라지 않았다. 그는 유곽을 좋아하고 떠돌며 껄렁껄렁한 자들과 늘 의좋게 지냈다.

하루는 그가 어떤 벗의 집에서 먹고 마실 적에, 벗이 농담으로 말했다.

"우리 네 사람이 노름하면, 자네는 귀신같은 솜씨로 내 집 안의 물건을 훔쳐갈 수 있을걸."

배불뚝이가 인정했다. 그가 노름판 옆에서 한참 오락가락하였는데 언제부터인지 사람이 보이지 않았다. 난데없이 문짝을 두드리는 소리가 들렸다. 알고 보니 배불뚝이가 그 집 안의 양팔 저울을 밖으로 들어내 간 뒤에 다시 들어오는 길이었다. 집 안에 있던 사람들은 배불뚝이가 언제 나간 것인지 모르고 놀라 두려운 나머지 기막힌 일이라 여겼다.

관찰 하(何) 아무개가 푸젠(福建)에서 한때 손꼽히는 부자일 정도로 집에 많은 재물을 쟁여놓고 있었다. 배불뚝이가 어느 밤에 그 집으로 들어가서 그 집 안의 진열품을 깡그리 쓸어갔다. 하 관찰은 미처 잠들지 않은 터라 손에 아편 도구를 들고 짐짓 잠든 체하며 그가 재물을 약탈하는 소리를 다 듣고 있었다. 그때 배불뚝이의 등에서 눈처럼 칼날이 빛났던 까닭이다.

나는 배불뚝이의 명성이야 듣고 있었지만 직접 그를 볼 기회가 없었다. 그때 집안 조카가 주셴관(九仙觀)에서 공부하고 있었다. 내가 단풍을 구경하러 그리로 갔다가 난데없이 산자락에서 아이들이 떼를 지어 몰려가는 것을 보았다. 관아의 궁수 네 명이 배불뚝이를 둘러메고 와서는 그의 장물을 파내고 있었다. 배불뚝이는 형편없이 비쩍 말라 여위었고 그의 잠방이는 피로 흠뻑 젖었다. 그가 그들에게 둘러메어 나와 아픈 소리를 내는데 쳐다보지 못할 지경이었다. 나는 이때 배불뚝이를 처음 보았는데, 그가 곧 죽으리라고 여겼다.

사흘 뒤에 배불뚝이가 탈옥하여 달아났다는 소리를 들었다.

○

◖ 감상: 배불뚝이 도적은 겉으로 보기에는 형편없이 말라서 무슨 힘이라곤 없이 생겼지만, 관아에서 반죽음이 되도록 두들겨 맞은 다음에도 탈옥한 것을 보면, 남다른 뚝심을 지닌 인물이다. 그는 남을 절대 연루시키지 아니하니 도둑질에 행동 규칙을 세웠고 뱃속에 나름의 꿍꿍이를 한가득 채운 자이다. 그러한 점에서 배불뚝이라 불러 마땅하겠다. ◗

大腹盜

大腹盜瘦小如恒人，不審胡以大腹得名。大腹行竊，悉揮霍無復孑遺，則埋其餘贓於九仙山紫淸宮階級下。官獲大腹覓贓，往往就紫淸宮下得之，大腹意不更累餘人也。好狹斜遊者，恒與之友善。一日飮友人家，友戲之曰：吾四人博於門次，汝能盜吾室中物出者，則汝爲神技。大腹諾。久久徘徊局次，俄而不見，忽聞叩扉聲，則大腹携其屋中之天平自外入，然座人竟不審大腹之何自出，則大驚怖以爲奇事。何觀察某豐於財，在閨中玉杯金碗富麗極一時。大腹夜入其家，悉其陳設而去。觀察未寢，執阿芙蓉吸器，僞睡聽其所掠，時大腹背上刀光如雪也。余聞大腹名，乃未之見。時族子讀書於九仙觀，余過之觀紅葉，忽見山下小兒群奔，則四弓丁舁大腹至，發贓物。大腹尫瘦，血液淋漓被其褌，背負之出，呻吟不可仰。余此時始見大腹，意其必死。越三日，聞大腹越獄遁矣。

서른세 번째 이야기

파리 거리의 두 묘기 달인

불란서 파리에 묘기를 잘 부리기로 이름난 사람 둘이 있다.

한 사람은 멀리 떨어진 담벼락에 커다란 나무판을 세워두고, 홑옷을 입은 아리따운 여자를 부축해 데려온다. 여자는 온몸을 단단히 감싼 것 같은 옷을 입고 담벼락의 나무판 위에 바짝 기댄 채로 서 있다. 한 사람은 수백 걸음 먼 곳에 서서 단도로 그 여자를 향해 던지는데, 아리따운 여자의 살가죽 옆으로 겨우 몇 밀리미터 떨어진 곳으로 날아와 꽂힌다. 백여 개 단도를 던지면 아리따운 여자의 몸 둘레를 따라 단도가 꽂히면서 아리따운 여자의 윤곽의 본이 만들어진다. 아리따운 여자를 부축해 내려주면 단도가 꽂힌 곳마다 아리따운 여자의 모습과 똑같이 심지어 여자의 탐스러운 머리 모양과 장화까지 하나 하나 나타나게 된다.

또 다른 한 편은 부부가 함께 묘기를 펼친다. 유리로 만든 작은 공 수십 개를 꺼내서 그 가운데 한 개를 부인의 코끝으로 올려놓고, 남편이 먼 곳에서 총을 쏘아 그것을 맞춘다. 유리 공은 산산조각이 나지만 코는 멀쩡하다. 부인도 전혀 놀라지 않는다. 귓가, 머리 쪽 한가운데, 어깨, 가슴 봉곳한 곳이든 가리지 않고 유리 공을 놓아두고 총을 쏘면 유리는 산산조각이 나지 않는 것이 없다. 그다음에 명함 백 장을 꺼내서 부인이 고운 손가락으로 그것을 귓바퀴 가까이에 들고 서 있다. 남편이 권총 한 방에 이 명함 백 장을 관통하는 구멍을 뚫어 구경꾼에게 기념으로 나누어준다.

이것도 고자익(高子益)이 말해주었다.

○

◖ 감상: 이 이야기는 앞의 「파리의 힘센 장사(巴黎力人)」과 마찬가지로 파리에 다녀온 고자익이 그곳에서 보고 들은 것을 임서에게 말해준 내용을 바탕으로 지은 소설이다. 한 편은 단도로 묘기를 펼치고 한 편은 총으로 묘기를 펼친다. 후자의 남편이 부인을 향해 쏜 총은 진짜가

아니라 특수하게 만든 공기총이었으리라. 사람이 맞으면 아프지 않고 죽지 않는. ◗

巴黎技師

巴黎以戱術得名者有二。一以巨板遙植壁間，扶一單衣美人，衣嚴約其軀幹，斜倚壁板之上，一人以小刃百數搖擲之，恰近美人膚革之外僅累黍，如是百數十擲，刃所入處，一周美人之身，直以範爲美人之影矣。扶美人下，而刃所範處，宛然一美人，而雲鬟蠻靴，尤一一可辨。一則夫婦同行奏技，載玻璃小球數十，取其一置婦鼻端，以槍擊之，球碎而鼻無恙，婦亦弗震。於是或耳際、髻中、肩井、乳峰，無一不足置球，槍之，球亦無一不破。後乃取名片百張，以纖指持近耳際，夫以一槍洞此百紙，分授觀者，以爲記念。此亦高子益云。

서른네 번째 이야기

시골 주막집에서 만난 아이

나의 학생 거질 우정기*가 나에게 이런 이야기를 해 주었다.

산둥(山東) 원덩현(文登縣)에 어떤 등(鄧) 노인이 살았는데, 나이는 예순 몇 살쯤 되었다. 하루는 절름발이 당나귀를 타고 하이양현(海陽縣)에 이르러 길가 주막집에서 간단히 요기하고 있었다. 등 노인과 한 자리 건너편에 어떤 아이가 앉아 있었는데 나이는 열서너 살 정도로 보

---

* 우정기(于鼎基, 1888-1957): 장쑤(江蘇) 양저우(揚州) 사람이고, 자(字)는 거질(去疾)이며, 호(號)는 무원(蕪園)이다. 1918년 7월에 헝산(恒山)을 여행한 뒤에 「헝산 여행기(恒山遊記)」를 지어 1921년 5월에 중화서국(中華書局)에서 출판한 『신여행기휘간(新遊記彙刊)』에 발표했다. 염업(鹽業) 관련 논문을 저술하였고, 그 밖에 『바람의 시사집(風子詩詞集)』, 『말라깽이 돼지가 우리를 뛰쳐나온 이야기(瘦豬翻圈記)』, 『을미암필기(乙未庵筆記)』, 『시사초(詩詞草)』 등을 남겼다.

였다. 그 아이는 병에 걸린 듯이 비쩍 마르고 허약한 데다 지친 모습이 역력했다. 노인이 아이를 가엾이 여기니, 아이가 온종일 뭘 못 먹었다고 말했다. 노인이 음식을 아이에게 건네주며 먹게 하였다. 아이는 먹는 양이 보통이 아니라 전병(煎餠) 세 근을 먹어치운 다음에야 배가 차기 시작했다.

그런 뒤에 두 사람이 함께 길을 나섰다. 십여 리쯤 가니 길이 으슥하고 오가는 사람이 없었다. 난데없이 앞쪽에서 흙먼지가 일어났다. 아이가 소리쳤다.

"노인장, 멈추시오!"

그런 다음에 천천히 먼지가 일어난 곳으로 다가가며 품에서 다섯 자쯤 되는 붉은 실을 꺼냈다. 위쪽에 푸르스름한 옥으로 만든 자그마한 갈고리가 달려 있었다. 아이가 맨주먹으로 춤을 추듯이 갈고리를 휘두르자 즉시 그 사람이 갈고리에 걸려 말에서 떨어졌다. 아이가 작은 칼을 꺼내 들고 부추를 자르듯이 말에서 떨어진 사람의 머리통을 자르고 배를 갈라 그 잘린 그 머리통을 집어넣고 칼로 웅덩이를 파고는 그 머리통 없는 주검을 묻었다. 그런 다음에 보따리를 풀어 황금 삼백 냥을 손에 넣었겠다. 노인은 거의 몇 번이나 당나귀에서 떨어질 정도로 깜짝 놀랐다. 아이가 말했다.

"저자는 저기 현령 아무개의 하인이옵니다. 그 현령이 뇌물을 받고 남에게 죄를 뒤집어씌워서 백성들이 상소하였습니다. 그러자 순무*에게 뇌물을 먹이려고 하인을 보낸 길입니다. 저는 그자가 너무 탐욕스럽고 풀 베듯 사람을 죽이니 너무 미워하여 그의 하인을 죽여서 경고로 삼은 것입니다. 이제 노인장에게 이 금덩이를 나누어주겠습니다. 의롭지 못한 재물을 우리가 나누어가진다고 해서 해될 게 없습니다."

등 노인은 공손히 거절하고 감히 받지 아니하였다.

아이가 금덩이를 넣은 자루를 말 위에 싣고 두 손을 마주 잡아 읍한 뒤에 말을 몰아 바람처럼 사라졌다.

○

◖ 감상: 등 노인은 길에서 우연히 굶주린 아이에게 보시하고 길동무를 하게 되었을 적에 그 아이가 겉보기와 달리 무술의 고수인 것을 알게 된다. 그 아이는 현령이 순무에게 바치는 뇌물을 가로챘으니, 도적이 아니면 암행

---

* 순무(巡撫): 청(淸)나라 때 각 지방을 순시하며 군정과 민정을 다스린 벼슬아치이며 무대(撫臺)라고도 불렀다.

어사였겠다. 아무튼지 등 노인은 검은돈을 알고 거절하였으니 착하고 바른 백성임을 보여준다. 등 노인이 그 검은돈을 받았다면 그 아이에게 죽임을 당한 현령의 심복처럼 똑같이 당하였을 것이니 위기의 순간에 현명하게 처신했다. 죽는지 사는지도 모르고 돈에 눈이 먼 사람들에게 경종을 울릴 만한 이야기이다. ◗

村店小兒

門人于去疾爲余言：山東文登縣，有鄧叟者，年六十餘。一日以蹇驢至海陽縣，小飮於道旁酒家。隔座一小兒，年可十三四，尪羸如病，懨懨莫勝其軀。叟憐之，兒言不食竟日矣，叟推食與之，兒健啖，盡餠三斤，腹始果。遂相將同行，可十餘里，地僻無人，忽塵起於前，兒曰：叟止。徐起當塵來處，出懷中紅線可五尺許，上著小鉤，作玉色，兒運鉤如舞空拳，然馬上人已著鉤，立墜其騎。兒出小劍斷騎士首，如斷韭薤，剖腹納其首，以刀挖穴瘞其尸，啓襆得黃金三百。叟大駭，幾墜驢。兒曰：此某令綱紀也。令坐贓防掛白簡，以金啖巡撫，吾惡其貪黷而草菅人，除僕所以示警，今當與叟分此金，不義之財，儘吾輩取之，無害也。鄧遜謝不敢取。小兒囊金上馬，拱揖風馳而逝。

서른다섯 번째 이야기

타이후의 도적

쑤저우(蘇州) 공자묘의 편액(扁額)은 그 무게가 이백여 근이나 되는데, 어느 밤에 난데없이 감쪽같이 사라졌다. 그 지역 유림에서 너도나도 아우성이었다. 바로 뒤에 정제*도 지내야 하는지라 관아에 이 사실을 알리고 도적을 잡아 달라 청했다. 그 시절에 장쑤(江蘇) 타이후(太湖) 일대에서 도적들이 약탈을 일삼았는데, 어떤 고을에서 마침 공자묘를 지었으나 편액에 글씨를 쓸 사람이 없어 애를 먹는다는 말을 듣고, 한밤중에 어깨에 둘러메고 나왔으니, 쑤저우 공자묘의 편액을 가져다 떡하니 달았겠다.

---

* 정제(丁祭): 선성(先聖)이나 선사(先師)에게 지내는 제사를 가리키며, 주로 공자에게 지내는 제사를 이른다. 중춘(仲春), 중하(仲夏), 중추(仲秋), 중동(仲冬)의 사중월(四仲月)이나 중춘 2월, 중추 8월의 상정일(上丁日)에 지낸다.

관아에서는 그 일을 예외로 삼아, 그들을 용서하고 죄로 다스리지 아니하였다.

○

◖ 감상: 어떤 고을에서 공자묘를 지었으나 편액을 달지 못해 애를 먹는다는 소문을 듣고 타이후 일대의 어떤 도적이 쑤저우 공자묘의 편액을 훔쳐다가 그 고을에 주어 쓰게 했다. 장물이 공자묘의 편액이고 다른 공자묘의 편액으로 사용한 것이라 관아에서 그만 죄를 물을 수 없게 되었다 한다. ◗

太湖盜

蘇州聖廟匾額，重二百餘斤，一夕忽失所在。廣文大震，又明日將丁祭，乃告之大府，請捕盜。既聞某鄉亦方構聖廟，苦無署額之人，盜方行剽太湖間，以爲可以蘇州聖廟中匾代之，夜中肩至。官既異其事，亦原之不治。

서른여섯 번째 이야기

세배 방휘석 사부

세배 방휘석* 사부는 푸젠(福建)의 푸칭(福清) 차산(茶山) 사람이고 스무 해 동안 권술을 단련했다. 그의 권술을 종학(縱鶴)이라 한다. 온몸에 그 기운이 서려 있고, 온몸에 모인 기가 두 주먹을 통해서 나오면, 그 기운이 나올 때 울부짖는 소리가 나고 오래도록 소리와 함께 사라지지 않으며 콧김이 들락날락하는 소리까지 들린다. 다섯 손가락은 저마다 쇠, 나무, 불, 물, 흙으로 나뉜다. 그 가운데 물의 손가락 하나만으로 공격하러 나설 때라도, 그걸 맞은 사람은 급병에 걸린 듯이 몸이 거의 한 장 멀

---

* 방휘석(方徽石, 1834-1886): 이름은 휘석(徽石), 자(字)는 세배(世培)이다. 그는 백학권(白鶴拳)의 기초를 놓았고 이를 발전시켜 중국 남권(南拳) 갈래의 하나인 종학권(宗鶴拳, 縱鶴拳)의 원조 대가가 되어 외국에까지 이름을 날렸다.

리 날아가 떨어진다.

산사람 진숙옥(陳俶玉)이 하루는 도량 산속 왕차오러우(望潮樓)에서 방 사부에게 무술을 겨뤄보자며 도전장을 냈겠다. 방 사부가 말했다.

“그대 산사람은 몸이 그리 마르고 약해 내 주먹을 맞으면 한 장 너머 밖으로 날아갈 것이오.”

산사람이 그 말을 믿지 않았다가 그만 방 사부의 주먹을 맞고는 새처럼 날아가 땅바닥에 떨어졌는데 다행히 상처를 입지는 않았다.

곽련원(郭聯元)이라는 자는 푸젠에서 한동안 손꼽히게 날리는 인물이었다. 그가 도량으로 방 사부를 찾아왔다. 두 사람이 맨손으로 겨루는데 누각의 기둥마다 흔들리고 무너질 듯이 덜컹덜컹 소리를 냈다. 곽련원이 말했다.

“그만둡시다. 사부께서 신선처럼 기운을 모으시니 제가 그 틈새로 들어갈 수 없습니다. 이렇게 밥 한 끼 먹을 시간을 더 싸우면 제가 질 게 뻔하옵니다.”

그리하여 서로 의형제를 맺었다.

관스 이(李)* 아무개도 일 때문에 푸젠에 왔다가 도량

* 관스(貫市): 지금의 베이징(北京) 창핑구(昌平區) 양팡진(陽坊鎮) 시관스촌(西貫市村)을 말하며, 관스촌(灌石村)이라고도 불렸다. 이 지역은 도성 베이징 최대의 후이족(回族) 집성촌이고, 이(李), 강(康), 황(黃), 마

산속 누각에서 머물렀다. 이 아무개는 단검*을 휘둘러 구름을 모으고 새를 흩어지게 할 수 있었다. 방 사부가 그 솜씨를 높이 샀다. 이 아무개는 방 사부의 능력을 미처 살피지 못하고 허풍을 떨며 말했다.

"제가 천하를 두루 돌아다녀 보았으나, 제 검술이 으뜸이었고, 권술로도 저를 당해낼 자가 없었습니다."

방 사부가 천천히 몸을 일으키며 말했다.

"손님이 이처럼 기막힌 기예를 갖추셨다 하니 뛰어난지 아닌지 한 번 겨뤄보지 않으시겠소?"

손님이 말했다.

"어찌 아니 되겠습니까."

그러면서 그가 겉옷을 벗어 던지니 간편한 옷만을 몸에 걸쳤는데, 가슴팍 앞에 단추 서른 몇 개가 목에서부터 배꼽 아래까지 촘촘히 달려 있었다. 북쪽 지역 용감한 무사의 옷이 이러했다.

방 사부는 여전히 평소의 옷차림이었다. 갓 한 번 맞붙

(麻), 장(張)씨 등이 많이 살았다. 명(明)·청(淸) 시기에 무술 고수를 많이 배출했고, 또 이씨가 표창 산업으로 가장 번창하여 만리장성 너머까지 '관스 이씨(貫市李)'라는 이름을 날렸다 한다.

* 단검(單劍): 한 손 검이며, 두 손으로 잡는 검은 쌍수검(雙手劍)이라 한다.

었을 뿐인데, 이 아무개는 이미 방 사부가 내민 물의 손가락을 맞아서 한 장 너머로 나가둥그러졌고, 엉금엉금 기면서 일어나지를 못하더니 집 안으로 후다닥 달려 들어갔다. 나는 칼을 가지러 가는가 하고 여겼으므로 눈짓으로 방 사부에게 조심하고 대비할 것을 알렸는데, 방 사부는 웃기만 하고 대꾸하지 않았다. 이 아무개를 찾아보니 그는 이미 보따리를 짊어지고 칼을 차고 산 아래로 걸음아 나 살려 하고 달아나고 있었다.

그 시절에 산자락에는 노름꾼이 많이 살고 있었다. 그 가운데 어떤 젊은이가 방 사부의 대단한 능력에 대해 들었는지라 겨뤄보고 싶어 안달했다. 어느 여름날, 방 사부가 홑옷을 입고 짚신을 신고 삼청전* 복도에 서서 나와 이야기를 나누고 있었다. 내가 삼청전 아래쪽에서 오락가락하면서 방 사부와 몐팅산(綿亭山)의 경물에 관해 이러쿵저러쿵하고 있었다. 난데없이 껄렁껄렁한 젊은이 대여섯이 방 사부의 등 뒤쪽으로 달려들었다.

방 사부가 기를 모아 맞받아치니 그 가운데 다섯은 이미 삼청전 위에 엎어졌고, 나머지 하나는 삼청전 아래쪽

---

* 삼청전(三淸殿): 도교(道敎)의 최고 신인 삼청(三淸)을 모셔놓은 전당이다.

에 나자빠져서 하마터면 머리통을 무쇠 가마솥에 부딪혀서 죽을 뻔하였다. 나는 깜짝 놀란 나머지 그 젊은이들이 어디서 왔는지도 몰랐다. 방 사부가 미소를 지으며 이 젊은이들을 타일러 돌려보냈다.

방 사부의 제자들이 푸젠에 널리 퍼져 있고, 가장 이름난 이는 왕릉(王陵)이다. 왕릉이 손바닥으로 기둥을 짚으면 기둥이 죄다 흔들렸다. '신체 축소법(大身化小身法)'이라 불리는 권술이 있는데, 그것에 걸린 사람은 백이면 백 모두 패한다. 왕릉이 이 권술을 갖고 남과 겨루면 모두 당해내지를 못했다. 강남 갔던 제비가 돌아온 어느 봄날에 왕릉이 술 한 잔을 걸친 김에 분에 넘치게 방 사부에게 한 판 붙어보자는 것이라. 방 사부는 왕릉의 올가미에 걸려서 그야말로 큰대자로 나가자빠질 찰나에, 방 사부가 난데없이 세 손가락을 모아 왕릉의 가슴팍에 댔고, 왕릉은 허파 속이 찌개처럼 지글지글 끓었고, 순식간에 소리도 숨도 사라진 것이 죽은 사람 같았다. 방 사부가 웃으며 말했다.

"애들은 처음엔 제 분수를 모르는 법이다."

즉시 작은 환약을 꺼내 물과 함께 그것을 마시게 하니 금방 살아났다.

방 사부의 조카인 수재* 죽명(竹銘) 책(策)**은 나와 아주 손발이 척척 맞는 벗이다. 그는 시(詩)를 잘 지었고, 원숭이처럼 몸놀림이 재빠르다. 차산에서 겨울철에서 봄철로 넘어가는 환절기에 이르면 방 사부는 반드시 가까운 집안사람들을 불러 별관에 모이게 했다. 방 사부는 늘 후손들에게 청동 채찍과 쇠 방패를 자유자재로 사용하도록 가르쳤다. 그 가운데서 죽명 책이 가장 이 권술에 뛰어났다. 집안의 어떤 어른이 난데없이 수재의 재능이 그 막내 작은아버지보다 몇 배 뛰어넘는다고 말하면서 죽명에게 방 사부와 한번 겨뤄보라며 부추겼다. 죽명이 다짜고짜 날듯이 앞으로 달려들자 구경하는 사람들이 이러쿵저러쿵 와글와글 떠들었다. 그들은 방 사부가 명예를 중시하고 지켜야 하나 젊은이를 이기지 못하리라고 여겼다. 방 사부가 홧김에 손으로 죽명의 어깨를 눌렀는데, 죽명이 나무인형처럼 꼿꼿하게 선 채로 꼼짝하지 못했다. 옷을 벗겨보니 어깨뼈가 이미 움푹 들어갔다. 방 사부는 너무 슬퍼

* 수재(秀才): 성(省)이 주관하는 과거시험인 현시(縣試), 부시(府試), 원시(院試)에 참여할 수 있고, 급제자는 생원(生員)이라 하며 벼슬길로 나설 수 있다.

** 호(號)는 죽명(竹銘)이고, 이름은 책(策)이다.

하였고, 약으로 그를 치료해주었는데, 석 달이 지나서야 완치됐다. 그로부터 방 사부는 영원히 다른 사람과 권술을 겨루지 않았다.

차산에는 땅콩이 많이 생산된다. 그곳 사람들은 늘 그것을 생업으로 삼아 살아왔다. 하지만 소도 그것을 먹었다. 방 사부가 문밖으로 나와 소를 쫓아보지만, 소가 되레 꼼짝 않고 채찍을 휘둘러도 물러가지를 않았다. 방 사부가 난데없이 주먹으로 소를 떠밀었고, 소가 길길이 날뛰며 산등성이 위쪽으로 미친 듯이 내달리다가 죽었다. 나중에 알아보니 큰형님 댁의 소였다. 소의 배를 갈랐더니 간이 두 자나 부풀었다고 했다. 간장을 주먹으로 맞아서 죽은 것이라. 소가 죽은 뒤로 방 사부는 더욱 이름을 떠들썩하게 날렸다.

방 사부는 평소에 나를 존중해주었다. 그리고 자신은 변새 밖으로 가서 종군하고 싶었다고 늘 말했다. 하지만 인재를 알아주는 사람을 만나지 못해 결국은 차산에 묻혀 살다가 세상을 떴다. 방 사부는 쉰넷에 사망했다.

방 사부는 나에게 긴 칼 한 자루를 주었다. 예전에 그의 함자를 새겨서 집에서 보관하고 있다.

○

◖ 감상: 권술을 익혀서 변방으로 가서 종군하고 싶었지만, 그의 재능을 알아주고 발탁해주는 사람을 만나지 못해 차산에서 평생을 보낸 무술 고수의 이야기이다. 아무리 뛰어난 능력을 지녔다고 해도 초야에 묻혀서 별 볼일 없이 분수를 모르고 날뛰는 자들과 상대해 기술을 선보이면 주변 사람들 사이에서 얘깃거리나 제공해줄 뿐이리라. 이 소설의 주인공 세배 방휘석은 백학권(白鶴拳)의 기초를 놓았고 이를 발전시켜 중국 남권(南拳, 남쪽 지역의 무술) 갈래인 종학권(宗鶴拳, 縱鶴拳)의 원조 대가로 중국은 물론 외국에서도 이름을 날렸다. 그는 실제로 임서의 무술 사부였다. 임서는 젊은 시절에 그에게서 무술을 연마했다. ◗

方先生

方先生世培，福淸之茶山人，練拳技二十年。法曰縱鶴，運氣週其身，又聚週身之氣，透雙拳而出，出時作吼聲，久久則並聲而無之，但聞鼻息出入。手分金木火水土，唯水手出時，中者如中惡，而身已飛越尋丈以外。陳山人俶玉，一日在道山望潮樓，求先生試藝。先生曰：山人體幹薄劣，觸吾拳當飛至丈餘。山人弗之信，果中先生拳，如飛鳥騰逝，墜地幸無苦。郭聯元者，閩中一時傑出者也。訪先生於道山，二君以手相格，樓柱皆戰，震震作聲慾傾。郭曰：止矣。足下運氣如仙人，吾不能得其罅隙而入，更持至炊許者，吾當敗。於是相約爲兄弟。貫市李某，以事客閩中，亦寓道山山樓，能運單劍，雲合鳥逝，先生亟賞其技。李不審先生之能，乃侈言曰：余走遍天下，匪特劍術，即拳勇亦無出吾右。先生徐起言曰：客負絕技如此，能否與秀才一試。客曰：此寧弗可者。則去其外衣，短衣附體，胸前密鈕三十許，起喉際至於臍下，此朔方勇士衣也。先生仍常服，一合，而李某已中先生水手，騰擲丈餘，匍匐不即起，則疾走入室。余以爲取劍也，目先生趣備之，先生笑而不答。尋見李某已負襆帶劍，疾走下山而去。時山下多居博徒，徒中少年聞先生能，則咸慾求試。夏中先生單衣草履，立三淸殿廊，與余語，余徘徊殿下，與先生論綿亭山景物，忽惡少五六人，直撲先生背。先生鬭運氣，而五人已僕於殿上，其一人則倒跌而下，首幾觸鐵鑊死。余大震，不審所自來。先生遂笑遣此六少年者去。先生高足遍閩中，而最知名者爲王陵。陵以掌砥柱，柱皆動，有所謂大身化小身法，中人無不敗。陵以此法與拳師試，皆莫當。一日，春燕酒酣，竟求與先生較藝。先生陷其樊中，在法當仰跌，先生忽駢三指，置王陵胸，陵肝鬲間如沃沸湯，聲息皆渺，如死人。先生笑曰：孺子初不自量。即出小丸藥合水飮之，立蘇。從子竹銘秀才策，極契予，頗能詩，身法靈捷如猿猱。茶山交春，先生必聚親族於別館。先生恒教其子弟舞青銅簡及鐵盾。最精其技者即竹銘。族老忽言秀才藝幾突過其季父，慫恿先生與竹銘試。竹銘往來如飛，觀者大譁，以爲先生負重名，乃不能勝孺子。先生慍，竟以手按竹策肩井，竹銘挺立如木偶，解衣視，肩井之骨已下陷。先生大悲，以藥治之，三月而愈。自是先生永不與人試技矣。茶山多落花生，居人恒以此爲產，而牛來食之。先生出戶驅牛，牛弗行，鞭之亦弗動。先生忽以拳抵牛，牛大奔至嶺上死，問之則伯氏之牛也。剖牛腹，肝長可二尺許，或肝臟爲拳所中死耳。先生名以死牛後乃益噪。先生平居雅重余，恒自謂慾從軍塞外，顧以不得人而事，終隱於茶山而卒。卒時年五十四。先生所贈余長劍，曾鐫名藏之家。

서른일곱 번째 이야기

천산갑 양고

저장(浙江) 이우(義烏) 사람은 예로부터 용맹함을 중시했다. 남당 척계광*이 진화(金華)와 이우 경계 우상(烏傷)에서 군사를 모았으니, 바로 이우 사람이 상무의 기풍을 지녔기 때문이리라. 양고(楊固)라는 사람은 천산갑**이라고 불렸다. 그는 팔다리와 몸을 움츠려서 쇠뭉치처럼 단단하게 만들 수 있었고, 손과 발을 훌쩍 날리면 당장에 사람들이 모두 나가동그라졌고, 그래서 강호에서 제법 이름을 날렸다.

집안 형님이 산둥(山東) 차오저우(曹州)의 허쩌(荷澤)

---

* 척계광(戚繼光, 1528-1588): 29쪽 주 참조

** 천산갑(穿山甲): 학명은 Manis pentadactyla이고, 유린목 천산갑과의 포유류이다. 천산갑은 위험에 처하면 복부 안쪽으로 단단한 공처럼 몸통을 움츠릴 수 있다.

현령 자리에 있었다. 양고에게 자신을 찾아오라 했다. 그리하여 양고가 걸어서 허난(河南)에서 허쩌 관내 딩타오(定陶)로 갔다. 하루는 날이 저물 무렵에, 어떤 아낙네가 당나귀 한 마리를 타고 매우 느릿느릿 가는 것을 보았다. 양고는 짐보따리를 짊어진 채로 성큼성큼 걸어서 당나귀를 앞질러 나아갔다. 아낙네가 안장에 거만하게 앉은 채로 초나라 노랫가락*을 흥얼거렸다. 양고는 신경 쓰지 않았다. 일 리쯤 더 갔을 때, 난데없이 말을 탄 일곱 사람이 달려오더니 죄다 말에서 내려 그 아낙네에게 절하는 광경을 보았다. 아낙네는 거드름을 피우며 답례도 하지 않았다. 그래서 양고는 매우 이상하다고 느꼈다. 밤에 객사에 묵었는데, 말을 탄 일곱 사람과 아낙네도 그곳에 묵으면서 시끌벅적하게 웃고 떠들며 먹고 마셔댔다.

양고는 문을 잠그고 잠자리에 들었다. 한밤중에 난데없이 마당 쪽에서 심상치 않은 소리가 들렸다. 양고가 몸을 일으켜 창틈으로 밖을 엿보니 그 아낙네가 단검을 들고 홑옷을 입고 어떤 수염투성이 사내와 마당 한가운데

* 초성(楚聲): 중국 전국(戰國)에서 진한(秦漢) 시기에 초(楚)나라 땅에서 유행한 비분강개한 노랫가락을 가리킨다.

서 한참 격투를 벌이고 있었다. 사내는 눈처럼 서리처럼 새하얗게 빛나는 긴 칼을 쥐고 있었다. 아낙네의 단검은 토끼가 뛰자 매가 덮치듯이 날쌔서 사내의 칼이 아낙네의 터럭 한 가닥도 다치게 하지 못했다. 이때 그 일곱 사람이 죄다 튀어나와서 마당의 섬돌 위에 꿇어앉아 싸움을 그칠 것을 애걸했다. 수염투성이 사내가 벌컥 화를 내며 칼을 걷어 들이고는 말을 끌어내 객사를 달려나가 멀리 사라졌다. 아낙네가 분한 듯이 말했다.

"내가 내 일을 하는데 당신이 왜 간섭이야? 나를 막겠다고!"

양고는 놀라 입을 멍하니 벌리고 다물지 못했다.

다음 날 아침 일찍 일어나 길을 나선 뒤에 양고는 많은 상인이 모두 도적에게 약탈을 당한 듯이 칼에 찔려 다친 모습을 보았다. 도적의 생김새를 물어보니 객사에 있던 아낙네와 말을 탄 일곱 사람이었다. 양고가 아낙네를 돌이켜 생각해보니, 수염투성이 사내는 그녀의 남편이고 아낙네가 길손을 약탈하는 짓을 멈추도록 말렸던 것이고 그래서 격투를 한 것이겠다. 하지만 그 말을 탄 일곱 사람의 행방을 물어볼 수 없어 꺼림칙한 마음이었으나 허쩌로 부리나케 달려가 형님께 그 일을 알렸다. 형님이 말했다.

"이 일대에 도적은 소털처럼 많네. 내가 어찌 그 계집과 사내들이 누구인지를 알겠누?"

이로부터 보건대 차오저우에서 벼슬하는 자도 허쩌 현령과 같은 말을 할 테지. 그래야 두루두루 편하고 일이 없을 테니까.

○

◖ 감상: 남편이 무술이 모자라서 부인을 살려둔 것이 아니다. 이 부인은 초나라 땅의 비분강개한 노래를 부르지만 남을 약탈하는 일을 서슴없이 한다. 용맹함을 자랑하는 것이겠지. 남편은 어떻게 해서든지 부인을 막아보려고 하지만 그렇다고 죽일 수도 없는 노릇이다. 그 수염투성이 남편은 도적 두목이었겠지만. 관아는 어떠한가. 관아는 강 건너 불구경하듯 아예 신경을 쓰지 않고, 벼슬아치는 자신의 안위만을 생각하고 태만하며 민생을 돌보지 아니한다. 이우는 저 왜구가 창궐했을 적에는 앞장서서 나가 싸울 정도로 상무의 기풍을 가진 고장이었건만. ◗

穿山甲

義烏人恒尙勇，戚南塘用烏傷兵，即義烏人也。有楊固者，號穿山甲，能縮其肢幹，堅如團鐵，手足一縱，當者皆靡，甚有名於江湖間。族兄官曹州荷澤令，固往省之，自河南走定陶。時天已向暮，見一婦人策蹇行頗緩。固負襆，然健步直出驢前，婦人踞鞍作呻楚聲，固不之顧。又行里許，忽遇七騎，均下拜此婦人，婦人偃蹇不爲禮，固始大異。夜宿逆旅，而七騎者及婦人咸在，轟飮甚驩。固閉戶寢，夜中忽聞庭際有異聲，起自窗隙外窺，則見此婦人者，短劍單衣，與一髯丈夫格於庭中。丈夫握長刃浩如霜雪，而婦人短劍，兔起鶻落，丈夫之劍，乃不能損其毫髮。已而七人皆出，跪庭墀求止鬭，髯丈夫怫然收劍，引馬出店而去。婦人詈曰：我自適己事，汝何涉者，乃必止我。固舌撟不下。侵晨起行道中，見數賈人皆中劍創，似受劫於暴客者。問盜狀，則店中婦人合七騎也。固回憶婦人，則似髯丈夫者爲其夫，諫止婦人勿劫行客，因而致鬭。顧不能即此七騎而問，遂怏怏赴荷澤，告其兄。兄曰：是間群盜如毛，吾烏知此雌雄者爲誰。觀此則官曹州者，亦僅能作荷澤令語，始無事耳。

서른여덟 번째 이야기

우삼의 죽음

나는 열여섯 살 적에, 타이완(臺灣) 타이베이(臺北)의 단수이(淡水)에 잠시 머물렀다. 무역항을 처음 열었을 때인지라 사람들이 촌스럽고 예의범절을 중시하지도 않았다. 길거리가 비좁아서 돼지 떼와 사람들이 서로 길을 다투던 시절이다. 나는 낮이면 늘 시내에서 좀 떨어진 들판을 거닐었다. 포대가 있는 언덕으로 가서 바이리번(百里坌)의 산빛을 바라보곤 했는데, 바이리번은 관인산(觀音山)이라고도 불렀다. 포대언덕으로 가려면 들판에 동그마니 있는 절을 지나야 하는데, 절 앞에 연극 무대가 설치되어 있었다.

하루는 거기서 난데없이 우삼(牛三)이라 불리는 마을 사람을 보았다. 그가 두 팔을 드러내놓았는데 튼튼하여 힘깨나 쓸 모습이었다. 그는 절 왼쪽에 있는 봉화관(烽火

館)이라고 하는 곳에 대고 삿대질을 하며 욕설을 퍼붓는 중이었다. 자기 집의 밭갈이 소를 봉화관 사람이 훔쳐갔다고 말하는 것 같았다. 하지만 봉화관 안쪽 사람에게선 찍소리도 없었다. 잠시 뒤에 문 안쪽에서 창 두 자루가 나오더니 우삼을 곧장 찔렀다. 우삼이 한 손에 창 한 자루씩 쥐고 잡아당겨 봉화관 사람을 문밖으로 끌어냈다. 봉화관 안에 있던 사람 가운데 한 사람은 늙고 한 사람은 젊었다. 그들은 온 힘을 다해 우삼과 맞서고 있었다. 우삼은 그 창끝을 꽉 붙잡고 놓지 않았으며 양쪽이 한참 동안 대치했다. 이때 봉화관 안쪽에서 또 다른 사람이 우삼의 가슴을 겨냥한 창을 쑥 내밀었다. 우삼이 창 두 자루를 모아 한 손으로 붙잡고 빈손으로 다시 그 세 번째 창을 잡았다. 오른손으로 창 두 자루를 쥐었는데, 하나는 녹이 슬고 하나는 새 창이었다. 새 창이 그만 그의 손바닥에서 미끄러지는 바람에 그 창이 우삼의 배에 구멍을 냈다. 우삼은 즉시 쓰러지지 않았다. 쥐고 있는 긴 창이 부들부들 쉬지 않고 떨렸고 그는 붉은 피를 솟구치듯 콸럭콸럭 흘린 뒤에 죽었다. 봉화관 사람의 창 세 자루가 동시에 우삼의 가슴에 커다란 구멍 일곱 개를 냈다. 나는 연극 무대 위에서 내 눈으로 그 참상을 모두 보았다. 그리하여 세 사람이 창을 내버리고 달아났다. 그때는 이미 구경한 사람들도 있었던 터라 모두 그자들을 잡으라고 소리치며 뒤쫓아갔다. 세 사람이 달아나며 남의 밭을 마구 짓밟았다.

어떤 밭에서 어떤 농부가 손에 괭이를 들고 밭두렁 위를 걸어가고 있었다. 세 사람이 미친 듯이 달려오는 모습을 보고 도적으로 의심한 데다가 밭을 짓밟아 망쳐놓은 터라 괭이를 휘둘렀다. 그리하여 그 가운데 첫 번째 사람은 머리통을 맞아 죽었다. 나머지 두 사람은 진창 구덩이에 빠져서 사람들에게 붙잡혔다.

○

◖ 감상: 임서가 열여섯 살이었을 적이라면 1868년 전후였을 것이다. 단수이 개항 초기의 타이완 사람들을 소재로 한 이야기이다. 우삼은 힘센 장사이며 불의를 참지 않고, 굴욕을 견디는 사람도 아니다. 맨손으로 긴 창 세 자루와 대결을 하였고, 또 창이 미끄러지지 않았다면 우삼의 승리로 끝났을지도 모른다. 한 사람을 상대로 셋이 협공하는 행위 자체가 비겁한 짓이요, 비겁한 자들도 좋은 끝이 없다. 도둑질하고도 뻔뻔하고 잔인하게 사람을 죽이는 막돼먹은 자들이 비단 타이완에만 있었을까? ◗

牛三

余年十六，客臺灣淡水，商埠初立，居人仍樸野無禮衷。街衢猥狹，群豕與人爭道。余日中恒野適，赴砲臺坡，望百里坌山色。百里坌一名觀音山。然每向砲臺坡必過野廟，廟前有劇臺。行次忽見居人牛三者，赤其二膊，結束健勇無倫，直抵廟左所謂烽火館者，戟指罵詈，似言耕牛爲館人所盜。然館人竟弗答。少頃自門中出二矛，直剚牛三。牛三以兩手分握一矛，引館人出戶外。館人一老一少，悉力與牛三角，牛三堅握其矛鋒不即放，相持一時許。館中復一人將矛直刺牛胸，牛合二矛爲一，復握其第三矛，而右手二矛，一鏽一新，新矛滑出其掌，則已洞牛三腹。牛三不即僕，握矛而顫，血大湧出，始死。館人三矛同下，牛三胸際洞七穴。余在劇臺上親覩其狀。於是三人棄矛而逃。時已有觀者，則大噪而逐之。三人走而躪田，一田父握鋤自陌上行，見三人狂奔，疑盜，且惡蹂躪其田，揮鋤擊其第一人，剖腦死。二人均足陷泥，爲追者所及。

서른아홉 번째 이야기

가구 만드는 채종귀

채종귀(蔡宗貴)는 나이가 일흔이 넘었고 가구를 만드는 장인이며, 슬하에 아들 하나와 딸 하나를 두었다. 딸이 폐병에 걸려서 노인이 늘 딸을 등에 업고 다녔다. 나는 집에서 그의 점포 앞을 지날 때마다 그 폐병쟁이 딸을 늘 보곤 했다.

한번은 저잣거리에 큰불이 났는데, 노인이 두 손으로 커다란 광주리 두 개를 들고 끈으로 폐병쟁이 딸을 등에 업어 묶고 사람들 틈에서 튀어나오자 사람들이 모두 비켜서며 길을 내주어 그를 지나가게 했다.

그는 늘 커다란 장롱에 옻을 칠해서 점포 밖에 내놓았다. 장롱은 거의 백 근 무게가 나가는데, 비가 내리면 노인이 오른손으로 장롱 안쪽을 들어서 점포 안으로 옮겨 놓는다.

나와 같이 사는 서생 증우휘(曾于輝)가 한번은 술에 취해 채종귀의 아들과 시끄럽게 싸웠다. 노인이 두 손을 맞잡고 연거푸 읍하며 그저 싸움이 커질까 봐 전전긍긍하였다. 나는 증우휘가 몹시 위험하다고 여겼는데, 노인은 끝까지 화를 내지 아니했다. 다음 날 나는 일부러 채종귀의 점포로 찾아가서 노인장은 어찌하여 취한 서생에게 화를 내지 않으셨는가 하고 물었다. 노인이 말했다.

"사람의 몸뚱이란 내가 보기에는 유리와 같아서 손으로 건드리기만 해도 산산조각이 나네. 내가 어떻게 감히 사람 목숨을 갖고 힘을 쓰겠는가? 어제 당황했던 것은 내가 홧김에 혹시나 취한 서생을 해할까 두려웠던 까닭이었네."

나는 마음속이 후련해졌고 노인의 수양에 감동했다.

나는 삼 년 뒤에 타이완으로 다시 갔다. 노인이 이미 세상을 떴고, 노인이 사망하기 전에 자신의 열 손가락을 모두 씹어 먹었다는 말을 듣고 이상하게 여겼다. 이웃 사람은 노인이 사람을 죽인 것은 모두 손가락이 한 짓이니, 죽을 때 그 망령들이 복수한 것이라고 말했다. 이런 터무니없는 소리를 나는 처음부터 믿지 아니했다. 뒤에 나의 어떤 친척이 권술도 할 줄 모르는데 죽을 때 자기 손가락을 부러뜨려 씹어 먹었다. 분명히 이상한 병에 걸렸던 것이지 귀신의 짓이 아니다.

○

◖ 감상: 가구 만드는 장인 채종귀는 정식으로 무술을 연마한 적이 없을지 모른다. 그는 한평생 무거운 장롱을 만들면서 자연스레 힘센 장사가 되었을 것이다. 그는 자신의 힘이 남과 다름을 아는 사람이고 자신을 다스릴 줄 아는 사람이다. 진정한 고수란 자신의 힘이 잘못 행사되었을 때의 파괴력을 알고 있기에, 만용을 부리고 분수를 몰라 날뛰는 사람과 가능하면 부딪치지 않도록 조심하고 혹시 부딪치더라도 힘을 쓰지 않으려고 자신을 억제한다. ◗

蔡宗貴

蔡宗貴，年七十餘，能製家具，家一子一女，女病瘵，老人恒負之於背。余每自家過其肆，常見此瘵女。已而市上火，老人二手提兩巨筐，以帶束此瘵女於背，出人群中，人皆辟易。常以漆髹巨櫥，陳於肆外，雨至，老人以右手入櫥腹捧之以入，然櫥重近百斤矣。余同舍曾生于輝，醉與蔡子鬨且鬪，老人長揖惶恐，唯患其爭。余頗爲曾生危，然老人終不怒。明日余特造蔡肆，問叟胡以不怒醉生，叟曰：老人視人之體幹，如琉璃無可觸手處，觸且立碎，吾烏敢以人命爲試，昨日之惶恐，恐吾氣動，寧懼醉生。余聞言爽然，服叟有養。余客臺灣三年歸，聞老人已死，死嚼其十指都盡，滋以爲怪。隣人言叟之死人均以指，死時爲群鬼所踣。無稽之談，余初不信，然余戚某不能拳勇，死時亦咀斷其指，是必中怪疾，非鬼也。

마흔 번째 이야기

오장생

오장생(吳張生)이란 사람은 키가 여섯 척이나 되고 두 팔뚝은 커다란 항아리같이 굵고, 힘이 세고 무술을 높이 받든다. 그의 외삼촌은 임량품(林良品) 어른인데, 나와 아주 손발이 척척 맞는 벗 형보(衡甫)가 그분을 존경했다. 임 어른은 몸집이 우람하고 무술에 정통하다. 오장생은 마을에서 주름잡고 다니지만, 임 어른만은 무서워해서 임 어른이 이르면 오장생은 가던 걸음을 멈추고 그 자리에서 얼어붙어 버린다.

한 마을의 황규천(黃規泉)이 임오 1882년에 무과 효렴이라, 사백 근을 너끈히 들 수 있을 정도로 힘이 셌다. 그는 오장생을 업신여겨 거들떠보지도 않고, 늘 어린애라고 불렀다. 오장생이 그와 서로 만나기만 하면 다짜고짜 힘을 겨루곤 했다. 두 장사가 처음에는 손목으로 겨루고 다음에는 주먹으로 싸우다가 화가 치밀면 몸으로 대결했다. 사람들이 담장처럼 에워싸고 구경했다. 난데없이 이러쿵저러쿵 와글와글 떠들면서 임 어른이 오셨다고 말했다. 두 장사는 그 소리를 듣지 못한 듯이 여전히 힘을 겨루었겠다. 임 어른이 손으로 두 장사를 치니, 두 장사가 모두 나가동그라졌다.

임 어른은 턱이 두툼하고 이마가 넓으며 몸이 나뭇잎처럼 가볍다. 어느 저녁에 술에 취한 나머지 난간에서 아래로 떨어졌다. 마당 섬돌에 콩을 담아놓은 커다란 항아리가 수없이 놓여 있었다. 임 어른이 다행히 그 한복판으로 떨어져서 아무 데도 다치지 않았다. 임 어른은 예순 살 넘어 세상을 떴다.

○

◖ 감상: 오장생과 황규천은 임량품 어른의 경지에 이르지 못했고, 힘이 비금비금하여 툭하면 서로를 업신여기고 힘을 겨루곤 했다. 일반 사람이 보기에는 두 무사에게 감히 맞설 수 없지만, 임량품 어른이 보기에는 하룻강아지 범 무서운 줄 모르고 날뛰는 것이라 하겠다. 임량품 어른을 무너뜨린 것이 두 가지 있으니, 하나는 술이고,

또 다른 하나는 사람의 유한한 목숨이다. ◗

吳長生

吳長生者，高六尺許，二膊如巨甕，多力尙武。其舅爲林良品先生，余契友衡甫尊人也。先生偉貌而精於武技。長生作橫鄉里，惟憚先生，先生至，長生立已。同里黃規泉，壬午武孝廉，力能擧四百斤，藐長生不之顧，恒呼曰：孺子。長生與相見，卽鬪力。二士始以腕格，繼以拳毆，怒拿取勢，觀者如堵墻。忽譁言林先生至，二士若弗之聞，仍角力。先生以手格二士，二士皆靡。先生豐頤廣顙，顧身輕如葉。一夕醉中自露臺下跌，庭墀中列巨甕無數，均儲豉，先生適墜其中樞，得無損。年六十餘卒。

마흔한 번째 이야기

화산의 도사

산시(陝西)의 화산(華山)은 흙보다 바위가 많고 깎아지른 봉우리들이 우뚝우뚝 높이 솟아 있고, 길이 가파르다. 그 가운데서 옌왕벤(閻王扁)이라 불리는 봉우리가 특히 험해서 나무는 죄다 근처 커다란 바위 틈새를 뚫고 나와 자랐다. 롄화펑(蓮花峰) 자락에만 그나마 백 평 정도 기름진 땅이 있어서 밭농사를 지을 수 있다. 도사가 그 땅에 배추를 심었는데, 종이처럼 얇은 이파리가 겹겹이 포개져 있어서 이름도 롄화 배추라 붙였다. 길손이 이르면 도사가 땅굴에서 배추를 내온다. 그것을 쪼개고 자른 뒤에 밀가루와 버무리고 옌츠(鹽豉)라는 양념을 쳐서 길손을 대접한다. 달콤하고 구수한 그 맛은 둘이 먹다가 하나 죽어도 모른다.

왕죽계(王竹溪) 어른이 화산에서 노닐 적에 도사가 그

것으로 그에게 대접했다. 도사는 나이가 일흔이 넘었으나 수염이 더부룩하고 목소리가 지붕의 기와를 들썩거릴 정도로 쩌렁쩌렁했다. 왕죽계 어른이 도사의 방으로 들어가 보니 벽에 옛날 칼 한 자루가 걸려 있었다. 칼은 길이가 석 자 다섯 치였고, 칼자루 위에 '우길(遇吉)'이란 두 글자가 새겨져 있었다. 도사에게 내력을 물으니, 성은 주(周)이고 이름은 운객(雲客)이며, 주우길*의 6대손이라 하였다. 젊어서 융저우(雍州)와 량저우(涼州) 일대에서 종군하며 그 칼로 도적 수십 명을 무찔러 없앴다고 했다. 칼을 내려 왕죽계 어른에게 보여주니, 새파란 빛을 내뿜어 눈이 부시기에 유서 깊은 칼임을 믿을 수 있었다. 우람한 몸집에 이 칼을 휘두르며 량저우의 눈보라 속으로 뛰어들어 도적을 무찌르는 도사의 씩씩한 모습이 다시금 선하였다. 그 광경은 그야말로 그림에 담을 수 있겠으나 영웅이 늘그막에 도가 연단술에 의지하니 절로 서글퍼지

---

* 주우길(周遇吉, ?-1644): 자(字)는 췌암(萃菴)이고, 랴오둥(遼東) 진저우웨이(錦州衛) 사람이며, 명(明)나라의 대표적인 항청(抗淸, 청나라에 대항) 장수이다. 이자성(李自成, 1606-1645)이 봉기했을 때, 산시성 총병 주우길이 다이저우(代州)에서 성을 굳건히 지키다가 식량이 떨어지자 닝우(寧武)로 물러나 지켰다. 이자성이 닝우를 공격하여 성을 함락하자 주우길은 격렬한 시가전을 벌였으나 이자성 군에 생포되어 죽임을 당했다.

도다.

○

◖ 감상: 왕죽계 어른이 화산 깊숙한 봉우리에서 만난 도사 주운객에 관한 이야기이다. 어지러운 시대에는 어지러움을 평정하는 영웅이 나기 마련이다. 하지만 아무리 뛰어난 영웅이라 할지라도 세월과 인생의 무상함을 비켜갈 수 없다. 한창 시절의 끓는 피를 삭이고 깊은 산속에 칩거하며 단약(丹藥)을 달이는 도사의 모습이 선하니, 어찌 서글프지 않으리오. ◗

華山道士

華山石多於土，壁立千仞，路陡絕，而所謂閻王扁者，尤陡，樹皆附石罅而生，獨蓮花峰下，有沃土可徑畝，道士用以蒔白菜，菜薄如紙，百葉合抱，所謂蓮花白是也。客至，道士出菜於地窖，切而和之以麵，加鹽豉，客食之，甘芳無與倫比。王竹溪先生遊華山時，道士即以此款之。道士年七十餘，鬚髯偉然，聲震屋瓦。先生入道室，見壁上有古裝刀一柄，長三尺五寸，柄上鐫遇吉二字。問之道士，則周姓，名雲客，遇吉六世族孫也。自言少從軍雍涼間，以此刃殲賊已數十人，發之青瑩照眼，信古物也。以道士之偉貌，禦此刀，復在涼州風雪中殲賊，其狀態直可入畫。英雄老計，竟託丹經，滋可悲也。

마흔두 번째 이야기

사리탑 마당*의 돌복숭아

호포사(虎跑寺)의 아름다운 경치는 이안사**하고 같다. 산길은 들어갈수록 그윽하고 고요하며, 대나무와 측백나무 사이로 햇살이 비춘다. 오솔길은 온통 새파랗긴 한데, 누군가가 말한 검은 모자를 쓰고 하얀 베옷을 입은 도사의 차림새가 한결 시원해 보이긴 해도, 보랏빛 자두나 노란 참외 같은 것들은 많이 볼 수 없다. 마당 가운데에 샘물 두 곳이 있는데, 주변에 돌멩이를

---

* 조탑원(祖塔院): 저장(浙江) 항저우(杭州) 후파오산(虎跑山)에 위치한 호포사(虎跑寺)를 가리킨다. 당(唐)나라 819년(元和 14)에 성공대사(性空大師)가 이곳에 정착해서 지었다고 전한다.

** 이안사(理安寺): 저장(浙江) 항저우(杭州)에 소재한 절로 용천선사(湧泉禪寺)라 불렸다. 고승 복호지봉선사(伏虎志逢禪師)가 이곳에 정착하니 오월왕(吳越王)이 그를 위해 지은 것이라고 전한다.

쌓아 올려서 우물 같은 모양이 되었다. 물빛은 맑고 깊다. 동파*의 칠언율시가 벽에 새겨져 있다. 서쪽에는 송나라 고승 제사**의 사리탑이 세워져 있고 패방과 표지석이 그대로 보존되어 있다. 그렇지만 사리탑 위아래에 물이 고인 물웅덩이가 있고 잡풀과 나무들이 오랫동안 손질하지 않은 듯이 제멋대로 자라서 지저분했다.

마당 가운데에 복숭아 모양의 돌 다섯 개가 놓여 있었다. 저마다 대여섯 근은 족히 되고, 그 가운데 가장 큰 것은 거의 스물 몇 근이 나갈 듯이 보였다. 꼭대기 쪽이 뾰족하고 매끄러운 것이 사람들이 그것을 따려고 수없이 만진 듯이 꼭대기 위쪽에는 늘 땀 자국이 촉촉이 남아 있었다. 나의 제자 진(陳) 아무개가 힘이 세다고 자처하는지라, 가장 작은 복숭아를 따보겠다며 한참 동안 애를 썼지만 아무리 해도 아니 되었다. 스님이 빙긋이 웃었다.

---

* 동파(蘇東坡, 1037-1101): 소식(蘇軾)의 호(號)이고, 자(字)는 자첨(子瞻)이다.

** 제사(濟師): 제공(濟公, 1130-1209, 일설에는 1148-1209)을 말한다. 본명은 이수연(李修緣), 호(號)는 호은(湖隱)이며, 법명은 도제(道濟)이다. 저장(浙江) 톈타이(天臺) 융닝촌(永寧村) 사람이며, 남송(南宋) 시대의 이름난 고승인데, 후세 사람들이 '살아계신 부처님 제공(活佛濟公)'이라 높여 불렀다 한다.

내가 다가가서 스님에게 말을 건넸다.

"복숭아 정수리가 매우 매끄럽군요. 날마다 그것을 따려고 하는 사람들 때문이 아니라면 저런 모양이 되었을 리 없지요. 대사께서 저것들을 저곳에 놓으려면 반드시 소림 무술에 정통해야 합지요. 대사께서 저희에게 눈요기라고 하게 한 번 시범을 보여주시지요."

스님이 공손하게 안 된다며 거절했다. 내가 자꾸 청하니 어떤 젊은 사미승이 나와서 무슨 만두를 집는 것처럼 아무렇지도 않게 그 가운데서 가장 작은 것을 집어 들었다. 내가 그 사미승의 손가락을 살펴보니 손가락마다 무쇠처럼 단단했다. 속으로 저 스무 근이나 되는 돌복숭아는 틀림없이 아까 그 스님이 그것으로 단련한 것이라고 느꼈다. 다만 구경꾼을 상대로 자신의 무술을 드러내고 싶지 않았을 따름이리라.

○

◖ 감상: 사리탑 벽에 새겨져 있는 소동파의 칠언율시는 「아플 때 사리탑 마당을 거닐며(病中遊祖塔院)」이다.

紫李黃瓜村路香

보랏빛 자두며 노란 참외 향긋한 시골길

烏紗白葛道衣涼

검은 모자에 하얀 베옷 시원한 도사의 옷

閉門野寺松陰轉

문 닫힌 들판 외딴 절에 소나무 그늘 감돌아

欹枕風軒客夢長

바람 부는 추녀 아래 베개에 기대 누우니 길손의 꿈 길구나

因病得閑殊不惡

몸은 아프나 짬을 얻으니 전혀 싫지 아니하고

安心是藥更無方

마음 편한 것이 약이라 더 좋은 처방 없어

道人不惜階前水

도사는 섬돌 앞 샘물 아끼지 아니하고

借與匏遵自在嘗

표주박 바가지 건네주며 마음껏 맛보라 하시누나

시를 읽으면 시골길 지나 넓은 들판, 아니면 깊은 산속 외딴 절을 떠올릴 수 있다. 도연명(陶淵明)의 전원시(田園

詩) 한 수, 아니면 고즈넉한 풍경화 한 폭을 감상하는 듯하다. 정지된 화면에서 자연이 선사한 빛의 세계가 감지된다. 자줏빛 자두와 노란 참외가 있고, 검은 모자를 쓰고 하얀 베옷을 입은 스님들이 계시다. 이는 생명을 가진 것이라면, 임서가 전해주는 마당 한가운데에 놓여 있는 돌덩이 다섯 개는 묵중한 무게감과 딱딱함을 연상시킨다. 이때 어떤 사미승이 나와 돌복숭아 다섯 개 가운데 가장 작은 것을 아무렇지도 않은 듯이 들어 올린다. 그의 동작은 이 고요한 절에 역동적인 힘을 응축시켰다. 아마도 그것들은 깊은 산속의 사람 발길이 닿지 않는 곳에 자연 그대로 놓여 있던 커다란 바윗덩이였을 것이다. 얼마나 바윗덩이를 치며 단련을 했으면 겉면이 매끄럽게 되었을까. 단련의 결과 복숭아 모양으로 다듬어진 것이 아닐까. 무술의 고수가 되려면 얼마나 고된 훈련의 과정이 있는지를 엿볼 수 있다. ◗

祖塔院石桃

虎跑之勝，同於理安寺。山路愈入愈幽，竹柏交光，小徑純綠，所謂紫李黃瓜者，雖不多見，然烏紗白袷，道衣固已涼也。院中有泉二區，範之以石，厥狀如井，水色清深，東坡七律，尙鐫之壁間。西向則宋神僧濟師塔在焉，坊表尙存。然師塔窪下、塔上有積水，草木陰穢，似久弗治。院中列石桃五，可五六斤，其最巨者，近二十餘斤。頂尖而滑，似經撮取，尖上尙帶汗漬。余門生陳生，自負多力，則力撮其小者，久撮莫起。寺僧微哂。余前請曰：桃峰滑如是，非日撮之者，不得是形，大師設此，必精少林之學，幸試撮之，以廣眼福。僧遜謝不可。余再三請，乃出一小沙彌，令撮其小者，則從容如掇饅頭。余取沙彌指視之，一一堅硬如鐵。意此二十餘斤之石桃，必此僧撮之。第對客，不慾自貢其技耳。

마흔세 번째 이야기

못된 버릇을 고친 소사덕

소사덕(蘇士德)은 안후이(安徽) 펑양(鳳陽) 사람인데, 여기저기 객지를 돌아다니다 푸젠(福建)으로 들어왔다. 그는 원숭이처럼 몸집이 작고 말랐지만, 혼자서 스무 사람을 상대할 수 있었다. 그는 또 아편을 좋아하는지라 늘 벗들과 나무침상 아무 데나 누워서 피웠다. 이럴 적에 소사덕이 난데없이 몸을 날려 순식간에 맞은편 나무침상으로 옮겨가곤 했다. 등잔불이 한 번도 흔들리지 아니한다. 서쪽 나무침상에 누워 있던 자는 그가 날아오는 것을 전혀 느끼지도 못한다. 날쌘 그의 몸은 날아가는 새 같다. 등잔불이 놓인 곳에서 나무침상까지는 넉 자 너머 거리가 떨어져 있는데, 소사덕이 손가락 세 개를 펴서 '품(品)'자 모양을 만들어내고 등잔불을 멀리서 끄는 시늉을 하면 등잔불이 바람을 맞은 듯이 즉시 꺼진다. 그리하여 용사의 이름이 한동안 시끌시끌했다. 임량품(林良品) 어른이 장수의 이름을 듣고 그와 겨뤄보려 했다. 형보(衡甫)가 어른에게 권하며 극구 말렸다. 소사덕도 임량품 어른을 매우 조심했고 임량품 어른이 사는 마을에서는 날뛰지 않았다.

그렇지만 소사덕의 인품이 영 아닌지라 마을 사람들이 힘을 합해 그를 혼내주려고 계획했다. 성은 임(林)이고 이름은 복호(伏虎)라는 자가 많은 사람의 지원을 받아 소사덕과 겨뤄볼 기회를 노리고 있었다. 그때 소사덕이 나무침상 위에 쭈그리고 앉은 채로 얼굴을 방 안쪽으로 하고 술을 마시고 있었다. 임복호가 그를 덮쳐서 그의 은밀한 부위를 끄집어내 음낭을 잡아 찢어서 고환까지도 다 드러났고, 피를 철철 흘렸다. 소사덕은 이 지경에도 탁자 너머로 훌쩍 몸을 날려 달아났다. 그는 젖어미 오온(吳媼)의 집으로 찾아가 의탁했다. 오온이 소사덕을 치료해 주니 석 달이 지나서야 간신히 나았다. 이로부터 그는 난폭한 행동을 삼가게 되었다.

○

◖ 감상: 무술에 뛰어난 사람은 인품도 갖추어야 한다. 자

신의 힘을 믿고 함부로 날뛰다가는 소사덕처럼 사람들의 미움을 사고 심지어는 목숨조차 건지기 어려워진다. 여기서 힘없는 일반 사람도 한 가지 교훈을 얻었다. 혼자 감당할 수 없는 강적을 상대할 때는 그야말로 혼자서는 안 된다. 여러 사람이 힘을 합쳐서 공동으로 상대하고 기회를 노려야 한다는 점이다. ◗

蘇士德

蘇士德, 鳳陽人, 流寓入閩。瘦小如獼猴, 二十人不能近也。嗜阿芙蓉, 恒與友人分東西榻而吸, 蘇忽移身, 瞥然飛過對榻, 燈光不閃。臥西榻者, 亦不覺其所以來, 其趫捷直類飛鳥。置燈去榻可四尺餘, 蘇伸其三指, 作品字形, 對燈作遙撲形狀, 火觸其指風立滅。勇名噪動一時。林良品先生聞名將與之試, 衡甫力諫止之。士德亦嚴憚先生, 無敢即先生鄉里作橫。顧無行, 匪惡不爲, 鄉人集而揞之。有林姓稱爲伏虎者, 携衆與角蘇士德。蘇方蹲榻上, 面內而飮酒, 伏虎直掐其私, 囊破而睾丸見, 血液淋漓, 蘇猶騰奮越案而逃, 奔其乾阿嬭吳媪家。媪爲之治, 凡三月而蘇士德愈。凶鋒亦斂。

마흔네 번째 이야기

임복호

임복호(林伏虎)는 막돼먹은 자이다. 그는 밖에 나갈 때는 몸에 쇠칼 한 자루를 지닌다. 나이는 서른셋인데, 모두 세 차례 감옥에 들어갔고, 세 차례 감옥에서 나왔다. 그의 부모도 그를 어떻게 할 수 없다. 소사덕을 공격한 뒤에 더더욱 제힘을 뽐냈다.

푸젠의 제중팡(竭忠坊)은 물과 나무가 맑고 깨끗한 곳이다. 여기에 길손에게 죽과 차를 파는 찻집이 한 곳 있다. 나는 늘 그곳으로 가서 창문 너머로 맑은 연못을 바라보며 차를 마셨다. 하루는 정오 무렵에 내가 시내에서 제중팡으로 가는 길인데, 난데없이 누군가 불쑥 나를 앞질러 지나갔다. 바로 새하얀 칼날이 내 어깨를 스치고 지나갔고, 내가 급히 그것을 피하면서 그것이 나를 겨냥한 칼날이 아니라는 것을 알았다. 앞쪽에 달아나던 사람이 벌써 뭔가에 걸려서 땅바닥에 나뒹구는 모습이 보였다. 다행히 그 사람이 제때 몸을 일으켜서 재빨리 달아나는 바람에 임복호의 칼이 미치지 못했다. 임복호가 나를 보고 화들짝 놀라 급히 몸을 굽히며 사죄의 말을 했고, 내가 웃으며 그를 지나가게 했다.

석 달이 지난 뒤에 민장(閩江) 창샤저우(蒼霞洲)에서 또 임복호를 보았다. 임복호는 많은 사람에게 쫓기더니 붙잡혀서 그의 칼도 빼앗겼으며 수많은 발길질에 짓밟히고 말았다. 임복호는 죽을 지경이 될 때까지도 살려달라는 소리를 하지 않았다. 사람들이 할 수 없이 그를 놓아주며 그의 칼을 갖고 가버렸다. 그런데 임복호가 난데없이 벌떡 일어나 살그머니 커다란 바위를 번쩍 들어 올리더니 그 사람들을 뒤쫓아갔다. 나는 그것을 보고 너무 놀랐고, 그렇게 뒤쪽에서 기습해서 그 사람의 머리통을 으깨놓으려는 줄 알았다. 하지만 바위가 미처 떨어지기 전에 그 사람이 알아채고 황급히 피했다. 임복호는 커다란 바위를 길가의 팔려고 내놓은 훈툰(餛飩) 솥단지 쪽으로 내던졌다. 솥단지가 깨지면서 끓는 국물이 지나가던 사람들에게로 튀어서 즉시 사람마다 커다란 물집이 잡히도록 데었다. 나는 좀 멀리 떨어져 있어서 다행히 끓는 국물 세례를 받지는 않았다. 임복호는 최후의 일격을 명중시키지 못했지만, 벌써 어디로 달아났는지 그림자도 보이지 않았다.

달포 지난 뒤에 임복호가 그 일로 다시 감옥에 들어갔다는 소리를 들었다.

○

◖ 감상: 임복호는 소사덕(蘇士德)을 혼내줄 때 쓴 방법에 그대로 당했다. 소사덕의 인품이 영 아니었던 것이나 임복호의 막돼먹은 행동거지나 비금비금하였던 것이다. 힘없는 사람들은 임복호를 앞세워서 소사덕을 혼내주고, 또 임복호도 혼냈다. 임복호가 소사덕의 경우에서 교훈을 얻어 좀 자중했더라면 진정한 영웅이 되었을 것이고 의로운 장사로 존경을 받았을 것이다. ◗

伏虎

伏虎，無賴子也。行必以刃自隨，年三十三，凡三入獄三出獄矣。父母不能禁。自揞蘇士德後，日以勇自矜。閩之竭忠坊，水木明瑟，有亭鬻茶餉過客，余恒至其地，臨窗面池啜茗。一日亭午，余自城中出坊下，忽有人突過余前，即有白刃從余肩上過，余歛避之，知此刃不爲余發。視前逃者已躓，刃垂及，幸健起奔絕迅，虎刃乃不能及。虎愕然見余，躬自陳謝，余笑遣之。越三月復見之蒼霞洲上，則虎已爲群人追踣，奪其刃而蹴之。虎至死不出溫語，群人釋之，取其刃行。虎忽竊起掇巨石，躡其人後。余見之大驚，以此殿後者，法當碎其顱。乃石未下而其人已覺，疾走避之，石中賣餛飩者之鼎，鼎裂湯濺行人，觸者皆泡。余立稍遠，幸不之及。顧虎一擊不中，已逃。逾月，聞虎以事復下獄矣。

마흔다섯 번째 이야기

효렴 왕우

효렴 왕우(王宇)는 자(字)가 표사(彪士)이고, 산시(陝西) 란톈(藍田) 사람이다. 계미 1883년에 회시*를 치르면서 나와 학사에서 서로 알게 됐다. 그는 용감하고 날렵했으며, 두 팔뚝의 털이 돼지 털처럼 났다. 그와 이야기를 나누면 그가 학식이 깊고 넓어 이만저만이 아닌 인물임을 알 수 있다.

어느 달 밝은 밤에 왕우가 술을 꺼내 홀로 마시며 나에게도 술을 권하는데 나는 술을 마시지 못하는지라 사양했다. 왕우가 얼근하게 마신 뒤에 자신이 젊은 시절에 절에서 공부했다고 말했다.

---

* 회시(會試): 과거제도 가운데 각 성(省)의 거인(擧人)이 응시할 수 있고 급제자는 공사(貢士)라 칭했다. 장원급제자는 회원(會元)이라 했다.

주지 스님은 네 손가락을 모아 돌절구 공이를 부러뜨릴 수 있어서 그에게 가르침을 청하였으나 아니 허락하였다. 그래서 한 해 내내 그가 제자로서 예를 다해 모시니 마침내 허락하였다. 그로부터 세 해 동안 권술을 익히고 검술과 표창술도 배웠다. 그리하여 향을 벽에 '일(一)'자 모양으로 꽂아놓고 어두운 곳에서 표창을 던져 향을 마음먹은 대로 끌 수 있게 됐다.

내가 좀 믿지를 아니하고 안식향 한 개비를 꺼내 그에게 주었다. 왕우가 즉시 그것을 벽에 꽂고 쉰 걸음 멀리 떨어진 곳으로 가서 섰다. 이때 달빛이 유달리 휘장을 밝게 비추었고 표창이 미칠 거리도 쉰 걸음뿐이 아니 되지만 휘장 때문에 해볼 수가 없었다. 당시에 과거 시험장에 표창이 없어서 왕우가 구리 붓 뚜껑으로 대신 던졌는데 명중했다. 나는 우연이라고 여기고 불붙인 향 다섯 자루를 주었는데 모두 명중했다. 우리와 같은 학사에 있는 사람들이 모두 일어나서 왕우의 솜씨를 떠들썩하니 추어올렸다.

회시가 끝난 다음에 나는 왕우를 보러 연화사(蓮花寺)로 갔다. 그가 말했다.

"예전에 일이 있어서 간쑤(甘肅) 핑량(平涼)에 갔다가 닝샤(寧夏) 구위안(固原)으로 가는 도중에 어떤 젊은 아낙네를 만났네. 몸집이 작은 가라말을 타고 가는데, 늙은 하인 한 사람이 그 뒤를 따라가고 있었지. 한 삼 리쯤 갔을 때였는데, 등에 활을 메고 허리에 화살을 찬 세 사람이 말을 탄 채로 달려오고 있었네. 젊은 아낙네와 스쳐 지나갈 적에 상스러운 말로 수작을 걸었겠지. 젊은 아낙네는 꼼짝도 하지 않았지만 늙은 하인이 되레 부아가 치민 것 같았네. 젊은 아낙네가 눈짓으로 그에게 길을 계속 가라 했네. 그런데 세 사람이 난데없이 말 대가리를 돌려 젊은 과부 앞으로 달려들며 소리쳤지. '가진 돈 다 내놓아라, 그렇지 않으면 우리 화살을 먹여주지!' 내가 화가 나서 표창을 꺼내 말 한 마리의 눈을 맞추어 즉시 쓰러뜨렸네. 그러자 젊은 아낙네가 웃으며 말했네. '젊은 분께서 어찌 수고하시리요.' 말을 마치고는 가라말을 두드리며 돌진하니 또 다른 도적 한 명이 손수건에 끌린 듯이 말에서 떨어졌고, 그자가 팔이 부러졌다며 소리쳤네. 나머지 도적 둘은 급히 말을 몰아 수풀을 넘어 달아났네. 나는 두려워서 감히 젊은 아낙네에게 성씨를 묻지 못했는데, 늙은 하인이 말하였네. '이분은 저 육(陸) 부군* 나리의 넷째 부인이온데, 어머니가 병에 걸렸다고 하니 뵈

---

* 부군(府君): 한(漢)나라 때 태수(太守)의 별칭인데, 사회적 명사나 나이가 많고 지위가 높은 사람을 높여 부르는 말이다.

러 고향으로 가는 길이옵니다.' 말을 마치자마자 바람처럼 달려 사라졌네."

나는 왕우의 말을 듣고 속으로 바짝 의심이 들었다. 어디서 감히 부군 나리야? 포악한 도적놈 주제에.

과거시험에 낙방하여 왕우는 고향으로 돌아갔다.

오래도록 그의 소식을 듣지 못하였고, 지금까지 스물 몇 해가 흘렀다.

○

◖ 감상: 임서가 과거시험을 보는 중에 사귀게 된 무술에 정통한 왕우에 관한 이야기이다. 그때 그 시절에 중국 땅에는 왜 이렇게 많은 무술의 고수가 있었는지? 그들이 무술을 잘못 행사하면 바로 도적질을 하는 것이니, 바른길을 가고 교육에 뜻을 둔 임서로서는 근심하지 않을 수 없었으리라. ◗

王宇

王孝廉宇，字彪士，藍田人。癸未會試，與余見於號舍中，英武抗爽，二肱生毛如豕鬣，與之語，淹博非凡。夜中月明，孝廉出酒自酌，並以酌余，余謝不能酒。孝廉飲酣，則自述少時讀書僧寺。住僧駢四指能斷石杵，就之求學不可，經年中曲盡弟子之禮，始見錄。三年習拳技，外學劍學鏢，能炷香墻上作一字形，暗中出鏢射之，香應手滅。余在疑信間，遂出安息香一枝授王。王即炷之墻上，遙立可五十步，時月明幔徹，鏢之可及亦僅五十步，外此仍格於帷幔不得試。時闈中無鏢，則代以銅筆帽，一擲即中。余以爲偶然，凡五爇香，則五擲而中之。同號者皆起，譁稱其能。既出闈，余造蓮花寺訪之。言：曾以事至平涼，將赴固原，道上遇少婦，跨小驪駒，一老蒼頭隨其後，可三里，有三騎背弓而腰矢，作狎語過少婦側，少婦弗動，蒼頭意似怒，少婦目之，乃復行。此三騎士，忽回馬突過少婦前曰：趣出金資，不爾且飲羽。吾怒，出鏢中一騎目，立墜。少婦笑曰：寧勞先生。言已奮驪駒，竟前引一盜下馬如引帨，顧盜已大呼臂折矣，餘一騎奔越林表。余慴，不敢問少婦姓，蒼頭曰：此陸府君四娘子，母病歸省耳。言已風馳而去。余聞彪士言，則大疑，此蒼頭奚稱府君。意亦劇盜耳。已而報罷，彪士亦歸。久乃不得其消息，今二十餘年矣。

마흔여섯 번째 이야기

하인 이씨

병술 1886년 회시를 치를 적에 나는 상하이에서 머물게 됐다. 시지동*의 집에 하인 둘을 두었는데, 하인을 데리고 뭍에 오를 때가 아니면 늘 배를 저어 갔다. 두 사람 가운데 이(李)씨 성을 가진 하인이 대단히 무던하고 성실했다. 그래서 내가 데리고 서울 도성으로 가기로 했다.

그때 그 시절에 상하이는 무질서하기 짝이 없었다. 관용 수레를 탄 사람들이 너도나도 모여들어서 아예 굵은 밧줄로 배 위에 경계를 만들어놓았다. 선비든 학생이든 이부자리를 펼치려고 하면 돈을 내고 누울 자리를 사야 했다. 힘이 약한 사람이라면 늘 힘을 겨루는

* 시지동(施之東, 1859-1928): 이름은 국름(國廪)이고, 자(字)는 질로(質魯)이다. 호(號)에 곡사(穀似), 수촌거사(遂村居士) 등이 있다. 진장(晉江) 쩡컹(曾坑), 지금의 스스시(石獅市) 사람이다.

상황을 견디고 밉살맞은 짓도 말없이 받아내야 하며 감히 따지려 들지 못한다. 나는 나라가 예로써 선비를 대접해야 하거늘, 지금에 이르러 바로 사람을 돼지 새끼처럼 능멸하는 소리를 들으며 한숨을 내쉬었다. 나라가 선비를 구하니 바로 이런 나무토막 같은 사람을 구하는 것이구나. 때가 때인지라 나도 졸지에 틈나는 대로 이씨에게 침구를 벌려놓도록 명령하곤 했다. 난데없이 어떤 껄렁껄렁한 젊은이가 힘으로 내 앞을 가로막았다. 이씨가 웃으며 말했다.

"자네 팔은 좋은 쇠붙이로 만들었네그려."

그러면서 두 손가락으로 그자의 팔을 쥐고 서른 몇 걸음 밖으로 내던졌다. 그 바람에 굵은 밧줄이 끊어져서 몇 토막이 났다. 껄렁껄렁한 젊은이가 눈을 부라렸지만, 더는 대들지 못했다. 내가 이씨에게 권술을 어디서 배웠는지 자꾸자꾸 물었지만, 웃기만 하고 대답하지 않았다.

서울 베이징에 도착하여 그는 시 지동에게로 돌아갔다.

시 지동이 그 하인의 힘은 달리는 말을 멈추게 할 정도라고 말했다.

○

◖ 감상: 임서가 무던하고 성실한 하인 이씨가 힘까지 장사인 것을 알게 된 이야기이다. 무술에 정통한 사람이나 힘센 사람은 함부로 힘을 자랑하지 말아야 한다. 이씨는 비록 하인이지만 무술을 수련한 사람으로서 지녀야 할 수양과 마음가짐을 갖춘 보기 드문 인물이다. ◗

李僕

丙戌會試，余遲滬上。施君之東，遣二僕寓中，以僕登陸不時至而舟行也。一僕李姓，頗願懿。余遂挈之北上。時滬上惡少，乘公車人集，則預以巨繩界舟中。士子慾張襆被，必以錢爲購一臥處，文弱者輒爲所困，至黙受其醜，詆無敢辯。余太息以爲國家禮待士，流今乃聽人凌蔑如豚羔，國家求士，乃求此木偶人耶。時余亦猝至，偶至空罅，命李僕爲陳臥具，突一惡少力前格余。李僕笑曰：汝膊精鐵鑄成耶。以二指撮臂，遙擲有三十餘步，取巨繩斷爲三數段。惡少瞪目不能語。余詳問李僕藝所自來，則笑而不應。抵京歸之施君，施君言：此僕力可禦奔馬也。

○ **해제** ○

한지연

임서(林紓, 1852-1924)는 중국 근대에서 현대로의 전환 시기를 대표하는 최고의 문인이자 지식인이며, 고문(古文)이 임종을 앞두고 마지막 숨을 몰아쉬는 시기를 빛낸 '최후의 고문의 달인'이다.

임서: 최고의 문인, 최후의 고문의 달인

임서는 푸젠(福建) 푸저우(福州) 사람이고, 근대 문학가이자 번역가, 고문가(古文家)이다. 자(字)는 금남(琴南)이고, 호(號)는 외려(畏廬)이며 필명에 냉홍생(冷紅生)이 있다. 말년에 여수(蠡叟), 천탁옹(踐卓翁), 육교보류옹(六橋補柳翁), 춘각재 주인(春覺齋主人) 등도 사용했다. 박학다식하고 시문을 잘 지었으며 글씨는 물론 그림도 잘 그려서 '광생(狂生)'이라 불리기도 했다. 1882년(光緒 8)에 거인(擧人)이 되었으나 진사(進士)에 급제하지 못하였다.

1900년에 베이징(北京) 오성중학(五城中學)에서 국어 선생을 했고, 베이징대학(北京大學)에서 강학했다.

고문가로서는 한유(韓愈), 유종원(柳宗元)으로 대표되는 당송(唐宋) 고문 전통과 동성파(桐城派)의 대표 인물 오여륜(吳汝綸)을 본받았다. 고문 연구 저작으로는 『한유와 유종원의 고문 연구법(韓柳文研究法)』, 『춘각재 논문(春覺齋論文)』, 『좌전, 맹자, 장자, 이소 정수 모음(左孟莊騷精華錄)』, 『좌전의 정수 적요(左傳擷華)』 등이 있다. 임서는 고문에 상당히 능했으며, 임종 직전에 자녀들에게 고문 수양의 중요성을 유언으로 남겼다고 할 정도로 고문에 대한 애착이 남달랐다. 임서는 9세에 서당에 들어갔으며, 11세부터 스승인 설칙가(薛則柯)의 영향을 받아 중국 전통문학을 좋아하게 되었고, 이때부터 문학과 인연을 맺고 고문을 배웠다. 임서는 자신의 고문 실력을 가리켜 "귀유광(歸有光) 말고는 아무도 자신을 막을 자가 없다" 하고 말할 정도로 자신의 고문에 자부심이 대단했다.

임서는 고문의 '장법(章法)'을 지키면서도 시, 소설 및 산문 창작에서 예술적 경지를 추구하여 문학가의 면모를 보여주었다. 그는 필기(筆記), 전기(傳奇), 사전(史傳) 등 전통 서사기법을 계승하여 작품을 창작하였는데, 주요 작품으로는 『외려문집(畏廬文集)』, 『속집(續集)』, 『삼집(三集)』, 시집 『외려시존(畏廬詩存)』과 『푸젠 신악부(閩中新樂府)』, 소설 『경화벽혈록(京華碧血錄)』, 『건괵양추(巾幗陽秋)』, 『원해령광(冤海靈光)』, 『금릉추(金陵秋)』, 필기(筆記) 『외려의 이런저런 이야기(畏廬漫錄)』, 『외려의 필기(畏廬筆記)』, 『외려의 자질구레한 이야기(畏廬瑣記)』, 전기(傳奇) 『두견새 우니(蜀鵑啼)』, 『하푸의 진주(合浦珠)』, 『천비묘(天妃廟)』 등이 있다.

번역가로서의 임서는 타의 추종을 불허한다. 그래서 그가 번역한 소설은 '임역소설(林譯小說)'이라는 명칭으로 불린다. 외국어를 전혀 할 줄 몰랐던 임서는 당시 프랑스 유학을 마치고 돌아온 그의 동향 왕수창(王壽昌)과 공역으로 뒤마의 『춘희(巴黎茶花女遺事)』를 번역하였다. 당시 『춘희』의 번역으로 호평을 받은 임서는 상무인서관(商務印書館)의 초청을 받아 유럽과 미국소설들을 번역했으며, 위한(魏翰), 진가린(陳家麟) 등 해외 유학파들과 함께 180여 편의 서양소설을 번역했다. 주요 번역 작품으로는 디킨스의 『데이비드 코퍼필드(大衛·科波菲爾德)』, 월터 스콧의 『아이반호(撒克遜劫後英雄略)』, 대니얼 디포의 『로빈슨 크루소(魯濱遜漂流記)』, 세르반테스의 『돈키호테(魔俠傳)』를 비롯해 해거드, 베르나르댕 드 생피에르, 톨스토이 등의 작품 등이 있다. 당시 근대 중국의 문학자들은 유년 시절에 임역소설을 읽고 낯선 서양문학에 좀 더 가까이 다가갈 수 있었다.

교육가로서는 푸젠공정대학(福建工程學院)의 전신인 창사정사(蒼霞精舍)를 설립했다. 임서는 번역으로 번 돈을 모두 가난한 학생들을 도와주는 데 썼다고 할 정도로 많은 제자를 길러냈고 또 많은 제자를 외국으로 유학을 보냈다.

임서는 말년에 신문학운동(新文學運動)을 맞이하여 고문으로 쓴 그의 책이 몰매를 맞고 베이징대학에서 강의할 수도 없게 되었다. 그때는 그가 외국으로 유학을 보낸 학생들이 진작 돌아와 사회 및 교육 현장에서 활동할 때였으므로 그들이 임서의 번역작업을 후원하는 기금회를 만들었다. 명목상은 그렇지만 실제로는 임서의 생활고를 도와주기 위해서였다고 한다. 임서가 고문이 아닌 백화(白話)로 번역을 했더라면 아쉬움을 두고두고 남겼을 것인데, 그것이 그의 보수성이자 한계로 지적한다. 하지만 신문화운동 시기 전후의 인물들 가운데는 임서의 번역서와 저작의 영향을 받지 않은 사람이 거의 없다고 해도 과언이 아니다. 중국 근대 시기 최고의 문인이자 최후의 고문의 달인이었으며, 서양 근대소설의 번역과 소개, 문학 창작과 교육 등 다방면에서 두각을 나타냈던 임서와 그의 위상은 절대 과소평가할 수 없다고 하겠다.

19세기 그때 그 시절, 임서가 들려주는 강호 이야기

『임서가 들려주는 강호 이야기: 기격여문(技擊餘聞)』은 청(淸)나라 말기의 이름난 번역가이자 문학가인 임서가 고문으로 쓴 필기소설집(筆記小說集)이다. 필기는 격식에 얽매이지 않고 자유롭게 써 내려가는 일종의 수필형식으로, 작가들이 보고 들은 것과 감상을 기록한 것이다. 이 결과 만들어지는 소설이 필기소설인데, 특히 청대 말기에는 고문으로 쓰여진 필기소설이 성행하였다. 『임서가 들려주는 강호 이야기』는 필기의 자유로움과 소설의 서사성을 모두 갖추고 있어 중국 근대 필기소설의 서막을 열었다고 평가받는 작품이다. 이 소설집은 1908년(光緖 34)에 석인본(石印本, 석판으로 인쇄)으로 상하이(上海) 상무인서관에서 초판 발행했다고 전하는데, 원본이 없어서 확인할 수 없다. 오늘날 독자들이 만나는 최초의 책은 1913년에 상무인서관에서 간행한 판본의 영인본이나, 1913년 판본을 간체자(簡體字)로 재판한 판본과 타이완의 번체자(繁體字) 판본이다.

지은이 임서는 훤칠하고 튼튼한 몸집에 목소리가 커다란 종을 울리듯이 쩌렁쩌렁했다고 한다. 그는 무술 방면에서 전혀 문외한이 아니었다. 그는 젊은 시절에 푸칭(福清) 학권(鶴拳)의 원조이자 권위자인 세배(世培) 방휘석(方徽石)을 스승으로 모시고 권술과 검술 등 여러 무술을 익혔다. 따라서 『임서가 들려주는 강호 이야기』는 임서의 직접 경험의 소산이며 현대소설과 같은 허구(fiction)가 아니다. 여기서 임서는 중국 전통 무술의 여러 방면에 대해 자신이 보고 들은 여러 인물을 등장시켜 내공(內功), 외공(外功), 경공(硬功), 경공(輕功), 기공(氣功), 점혈(點穴) 등 다양한 무술 기술을 묘사했다. 더불어 남녀노소를 불문하고 다양한 계층, 직업과 나이의 등장인물들은 저마다 칼, 창, 표창, 주먹, 발차기 등 여러 무술 방면의 고수들인데, 그들 가운데는 의로운 사람도 있고 의롭지 못한 사람도 있다. 이들은 푸젠(福建), 장쑤(江蘇), 저장(浙江), 광둥(廣東), 타이완(臺灣), 그리고 불란서 파리 거리 등지에서 이름을 드날렸다. 여기에 수록된 46편의 이야기는 '나(余)'로 표현되는 1인칭 화자를 통해 임서 자신이 보고 들은 것을 직간접적으로 서술하여 인물과 사건의 진실성과 현장감을 높였다. 옮긴이는 독자의 감상과 이해를 돕기 위해 이야기마다 한글 번역 뒷부분에 간단한 「감상」을 첨부하였다.

독자들은 임서의 무술 이야기를 읽으면서 우리에게 익숙한 중국 현대 무협소설이나 협객영화에서 자주 보고 들은 장면들을 쉽게 연상할 것이다. 주지하듯이 무협소설은 중국문학의 중요한 전통이자 환상소설의 한 갈래로서, 문학사에서는 시대에 따라 협의소설(俠義小說), 검협소설(劍俠小說), 영웅아녀소설(英雄兒女小說), 협의공안소설(俠義公案小說) 등 다양한 명칭으로 불리어진다. 특히 청나라 말기에서 중화민국 초기에는 군대무술과 전투기술을 의미하는 '기격(技擊)'을 소재로 한 소설 창작이 유행했는데, 이 때문에 임서의 소설을 가리켜 '기격소설(技擊小說)'이라고도 한다.

『임서가 들려주는 강호 이야기』는 출판된 뒤에 그 시절의 이름난 인사마다 "진수(陳壽)의 『삼국(三國)』과 같다" 하고 "소리는 귀에 들리는 듯하고 모습은 사진과 다름없다"라고 호평했다고 한다. 그리고 비슷한 시기에 전기박(錢基博)의 『기격여문보(技擊餘聞補)』, 강산연(江山淵)의 『속기격여문(續技擊餘聞)』, 설잠(雪岑)의 『기격여문보(技擊餘聞補)』, 주홍수(朱鴻壽)의 『기격유문보(技擊遺聞補)』(다른 서명 『기격여문보(技擊餘聞補)』, 『기격술문보속록(技擊述聞補續錄)』), 고명도(顧明道)의 『기격습유(技擊拾遺)』 등 고문 필기체 형식으로 쓴 속편들의 출판을 이끌어냈다.

그중에서 전기박의 『기격여문보』가 발표된 뒤 임서와 묘한 신경전을 펼쳤다는 흥미로운 일화가 전해진다. 당시 전기박이 쓴 속편의 등장은 당시 고문 연구와 번역으로 정평이 나 있었던 임서의 심기를 불편하게 했는데, 그 이유는 다음과 같다. 첫째, 전기박의 『기격여문보』에는 임서의 원작에 비해 등장인물이 훨씬 더 다양해졌다. 전기박은 날렵한 필치로 그의 고향 장쑤 우시(無錫)의 무술 고수들의 이야기를 흥미롭게 이끌어내어 많은 독자로부터 호평을 받았다. 둘째, 임서 원작에 대한 독자들의 호응과는 달리, 일부 평론가들은 임서의 소설을 두고 "그가 번역한 뒤마, 월터 스콧, 디킨스 작품들에 못 미친다"며 혹평을 쏟아냈다고 한다. 전기박은 본인이 무협 이야기를 워낙 좋아하기에 원작을 보충한 것이라 밝혔지만, 임서의 입장에서는 그의 명예가 달린 문제였기에 달가워할 리는 만무했다. 중견작가 임서의 원숙함과 떠오르는 청년작가 전기박의 창작 열정이 빚어낸 두 사람 사이의 충돌은 당시 문인들 사이에서 회자되어 19세기 근대 문단의 일화로 남게 되었다.

자고로 역사에는 문무를 겸비한 수많은 영웅호걸들이 나와 난세를 바로잡기 위해 활약해왔다. 특히 청나라 말기에서 중화민국 초기에는 국난을 이겨내고 위기에 처한 나라를 구하기 위해 '협(俠)'의 정신이 그 어느 때보다도 강조되었다. "그 행동이 비록 정의(正義)에 들어맞지는 않으나, 그 말은 틀림없이 믿을 만하고 그 행동은 틀림없이 약속을 지키며, 한 번 허락한 일은 제 몸을 아끼지 않고 어려움을 무릅써 가면서 남을 도와 죽고 사는 것을 잊는다. 그러면서도 자기 재주를 자랑하지 않고 그 덕을 내세우는 것을 부끄럽게 여긴다"고 한 사마천(司馬遷)의 말처럼, 대의를 위하여 자신을 버릴 줄 알며, 백성들의 안위를 지키는 '협의(俠義)' 정신은 청나라 말기 난세를 극복하고자 한 지식인들의 정신적 원동력이었다. 임서 역시 마찬가지였다. 임서는 19세기 그때 그 시절 직접 보고 들은 무술의 '달인'들의 일화 속에서 '협(俠)'과 '의(義)'의 정신을 전면에 내세웠다. 이를 통해 사람이 지녀야 할 윤리와 도덕적 가치관이 얼마나 중요한지 일깨워주고자 했으며, 더 나아가 격변의 시기를 헤쳐나가고 위기를 극복하는 대안을 모색하고자 했다.

중국은 개혁개방 이후 꾸준한 경제 성장에 힘입어 21세기는 중국의 세기라는 '중국의 꿈'을 실현하기 위해 노력하고 있다. 따라서 한국에서 '한류(韓流)'와 상대하는 '화풍(華風)'도 즐기게 되었고, 중국 문학 예술작품도 쉽고 친근하게 감상할 수 있게 되었다. 문학 방면만 예를 들면, 한국에서 중국 고전은 늘 접해왔던 것이고, 중국 현대 문학작품도 갈수록 많이 번역 소개되고 있어서 거리감이 없다. 하지만 중국 근대문학 작품은 그렇지 못하다. 고전소설과 현대소설의 중간 단계에서, 중국 근대문학 작품은 언어, 문체, 사상, 철학, 문제의식, 사유방식, 세계관 등 여러 방면에서 징검다리 역할을 충실히 해왔다. 고전문학과 신문학 사이의 과도기적 책임을 맡았던 중국 근대문학 작품에는 중국 고전과 현대 문학작품과는 차별되는 시대성, 역사성, 독자성, 작품성을 갖추고 있다. 그럼에도 불구하고 중국 근대문학 작품은 국내에 번역이 많이 안 되어 있는지라 한국 독자에게는 여전히 낯설고 어렵기만 하다. 끝으로 『임서가 들려주는 강호이야기』의 번역 소개를 통해서 중국 근대문학 저변 확대에 미력하나마 이바지할 수 있기를 바란다. 더불어 독자들이 이 책을 통해서 19세기 중국의 모습을 알고 이해하며, 나아가서 '변화'의 시대를 살아가는 삶의 지혜를 얻기를 바란다.